마음으로
세상을 탐하라

흐린 세상에 긍정과
자유의 빛길을 여는 영혼의 사색

마음으로 세상을 탐하라

1판 1쇄 인쇄 | 2010년 2월 02일
1판 1쇄 발행 | 2010년 2월 16일

지은이 | 고태봉
발행인 | 이용길
발행처 | MOABOOKS 모아북스

영업 | 권계식
관리 | 윤재현
디자인 | 이룸

출판등록번호 | 제 10-1857호
등록일자 | 1999. 11. 15
등록된 곳 | 경기도 고양시 일산구 백석동 1332-1 레이크하임 404호
대표 전화 | 0505-627-9784
팩스 | 031-902-5236
홈페이지 | http://www.moabooks.com
이메일 | moabooks@hanmail.net
ISBN | 978-89-90539-72-4 03810

흐린 세상에 긍정과 자유의 빛길을 여는 영혼의 사색

마음으로 세상을 탐하라

고태봉 지음

살아간다는 것은
끊임없이 새로운 곳으로 출발하는 일이다.
그 매순간을 느끼며 살기 위해
가장 먼저 해야 할 일은 무엇일까?
우리는 관심 밖으로 밀려난 아주 작은 것들,
보잘 것 없고 별 볼일 없다고
멀리했던 존재들에게 따뜻하고 진지한 눈길을 보내는 것이다.
눈이 아닌 마음으로 세상을 탐하라
그렇지 않으면 우리가 살고 있는 지금 이 순간조차
너무 쉽게 낡은 것이 되어버린다.

박영옥:(주)스마트인컴 대표

이 책을 쓴 한돌은 내 어린 시절 친구이자, 시골에서 뼈를 묻기를 원하는 등이 휜 소나무다. 시골의 소나무가 모두 구부러져 있는 건 아니다. 그럼에도 그를 '등 휜 소나무' 라고 일컫는 이유는 하나다. 너나없이 떠나는 농촌의 힘겨운 현실 속에서도 언제나 고향을 지키려는 순수함을 간직하고 있기 때문이다. 고된 참살이에 허리는 휘었지만, 한 번 더 바라보면 그는 여전히 곧고 늘푸르다.

최근 한돌의 이야기에 귀를 기울이게 된 이유가 있다. 그는 한국의 미래가치를 먼 곳의 세상이 아닌 그가 몸담은 현실, 바로 이 농촌에서 찾고 있었다.

현재 우리가 사는 세계는 새로운 변화 속에 있다.

유럽의 산업혁명에 버금가는 '아메리칸 드림' 의 물결이 동아시아로 뻗어오는 시기다.

즉 새로운 문명의 흐름이 태동되고 있으며, 그 중심에 바로 우리가 발 딛은 한국이 존재하고 있다. 그렇다면 한국이 든든한 중심 국가로 설 수 있는 바탕은 어디서 찾아야 할까?

현재 한국 사회는 민주주의와 자본주의의 톱니바퀴가 함께 굴러가고 있다. 자본주의 시대에서의 성공이란 돈으로 해결할 수 있는 능력을 말하며, 민주주의 시대에서의 성공이란 다수의 동의를 얻어 권력을 행사하는 것을 의미한다. 또한 명예로 성공한다는 건 이 자본과 권력을 동시에 얻는 것을 뜻한다.

그러나 이 다양한 힘이 상충하는 경쟁의 시대에도, 모두가 자본, 권력, 명예를 가진 사람을 존경하는 건 아니다. 나를 알고 상대를 이해하고, 서로를 배려하는 도덕의 힘, 긍정의 힘이라는 바탕 없이는 이 피상적 가치들은 언젠가 소멸될 수 밖에 없다.

우리나라는 여러 번의 격변기를 지나면서 강력한 산업 기반과 경제력을 갖추었고, 더불어 의식주의 어려움도 흘러간 이야기가 되었다. 그러나 그 급속한 성장이 가져온 역기능도 있었다. 우리의 고유한 생활 태도인 전통적 가치는 사라졌고, 정신문화는 한없이 퇴색했다.

허름한 옷차림으로 막걸리를 마시며 철학을 논했던 대학의 낭만은 취직을 위한 몸부림으로 바뀌었고, 농촌은 활기를 잃었으며, 도시는 온통 물신(物神)을 쫓느라 바쁘다. 이런 순간 한 인간의 내면에 간직된 철학의 가치, 전통의 가치를 되찾지 않는다면 우리 또한 정체성을 잃고 무너질지 모른다.

이 책이 더 마음에 와 닿는 것도 지금 우리가 사는 시대가 바로 그런 위기의 순간이기 때문일 것이다.

한돌은 이 책에서 정신과 물질, 자연과 인간을 동시에 구원할 수 있는 전통적 가치를 집요하게 추적한다. 씨를 뿌린 뒤 한참을 기다려 열매를 수확하는 농부의 마음으로 이 책을 써내려갔을 그의 하얗게 지새운 밤들에 절로 고개가 숙여진다.

마음의 지도를 따라 흐린 세상 건너기

인간은 태어나면 좋건 싫건 제 몫의 삶을 살아간다. 아침에 눈을 뜨고 세수를 하고 아침밥을 먹는다. 그런 뒤 각자의 일터로, 학교로, 목적지로 뿔뿔이 흩어진다. 아침 시간부터 집으로 돌아오는 시간까지 맡은 일을 하고, 어스름이 질 무렵 집으로 돌아와 저녁상을 마주한다.

크게 대단한 몇 번의 일들을 제외하면, 특별한 삶을 살아가는 몇몇의 유명인들을 제외하면, 우리 대부분의 삶은 이 흐름에서 크게 벗어나지 않는다.

한가한 듯 보이면서도 분주한 농촌이나, 숨 막힐 듯 바쁘다는 도시 사람이나 하는 일은 다르고 외양이나 마음가짐은 달라도 결국은 제 몫의 삶을 반복하고 살아갈 뿐이다.

아주 오랜 옛날에는 평생 자기가 나고 자란 곳에서 비슷한 일상을 보내는 이들이 많았다. 내가 지금 살고 있는 장수도 옛날에는 그랬다. 요즘이야 도시와 시골 간에 오가는 발길도 많아지고, 도시에 살다가 시골로 오거나, 시골에 살다가 도시로 가는 부지런한 사람들도 생겼지만, 아직도 장수에는 마음에 고여 있는 오랜 세월의 흔적을 묵묵히 간직하고 살아가는 이들이 적지 않다.

그들은 가끔 외지인들이 드나들어 새로운 소식을 가져오면 그 바깥 향기를 마음껏 들이키고 즐거워하면서도, 자신이 사는 곳의 공기와 물, 이곳에서 흘러가는 삶을 쉽사리 놓아버리려 하지 않는다.

나 역시 장수에서 태어나 장수에서 살고 있지만 사실상 내가 움직이는 생활 반경의 것들은 사실 외부에서 바라보면 좁은 것일 수밖에 없다.

세계화 시대를 말하는 요즘 전 세계 땅덩이의 아주 작은 일부를 차지하는 대한민국, 그 대한민국에서도 작은 지역에 속하는 전라북도, 거기에서도 장수에 살아가는 내 생활, 이 안에서 갖춰진 내 사고방식과 신념은 한없이 작은 것일지도 모른다.

실제로 누군가 내 모습을 상상한다면, 그것은 내 현실과 크게 다르지 않을 것이다. 아침에 일어나 세수를 하고, 가족들과 밥을 먹고, 가끔은 불쑥불쑥 튀어나오는 불상사들을 챙기고, 그럼에도 지금 내가 생계를 의탁하고 있는 직업인 벼루 만들기를 위해 작업실로 향하고, 그 안에서 온종일 돌조각과 씨름을 한다.

손이 필요할 때는 농사일을 돌보고, 폐교를 고쳐 만든 장안문화

예술촌에 나가 그 안에서 벌어지는 일들을 해결하고, 지역에서 움직이는 이들과 이런저런 일들을 도모한다. 이른바 '코스모폴리탄'을 자처하며 비행기로 세계를 돌아다니는 이들에게 내 삶은 단조롭기 짝이 없을 것이다.

그러나 반대로 뒤집어 보면 그들의 삶도 결국 반복되는 행보일 뿐이다. 때로는 거창하지만 때로는 단조롭기 짝이 없을 수 있다. 흔히 사람들은 큰 것에만 현혹된다. 큰일만 좋아하다 보면 몇 가지 후유증이 생긴다.

자신이 도모하는 일 자체를 자신과 동일시하면서, 원래 자신이 중요시 여기던 가치와 그 안에 오랜 세월을 걸쳐 깃들여온 중요한 사고와 핵심들을 쉽사리 무시하게 된다. 심지어 자신이 나고 자라온 고장은 물론, 뿌리 깊은 자신의 역사마저도 실용이나 당장의 이익과 맞바꾸어 버리는 것을 나는 여러 번 보았다.

물론 이 책은 항변이나 비난을 위해 쓰여진 것이 아니다. 어떤 삶이 옳은지 않은지 시시비비를 가리기 위한 것도 아니다.

이 책은 작은 땅덩이를 가진 나라 대한민국, 그 안의 또다시 작은 마을인 장수에 살고 있는 이의 보편적이지 않은 시선을 지극히 사적으로 전개한 것에 불과할 수 있다. 그럼에도 이 사적인 이야기들에 공적인 이야기들을 담고 싶은 것이 나의 욕심이다.

과거와 현재의 균형, 왜 필요한가?

요즘 들어 놀라운 소식들이 들려온다. 바로 학교 교육에서 국사 수업이 축소된다는 이야기다. 올해 우리 집 큰아이가 대학을 졸업하는데, 이 아이가 중 고등학교 때 그나마 수업을 꾸준히 들을 수 있었던 게 다행이라는 생각이 들 정도다.

그러나 정말 큰 문제는 이런 이야기를 하면 다들 혀를 끌끌 차면서도 정작 그것을 막기 위한 실천은 하지 않을뿐더러, 심지어 “세상이 변하는데 학교 교육도 변하는 거지”라고 말하는 이들도 적지 않다는 점이다.

물론 세상은 변했다. 의식주는 물론 그나마 옛것들이 잘 보존되어 있다는 농촌에도 길이 뚫리고 양옥집들이 들어서고, 온갖 현대화된 기계, 비료들과 농법들이 산재해 있다.

그뿐인가. 국사 수업이 사라지고 있다는 현상만 들여다봐도 현재 우리가 어떤 삶을 지향하고 있는지는 자명해진다. 딱히 취업이나 출세에 쓸모 있어 보이지 않는 기초 교양 대신 영어와 경제, 수학 공부를 하는 편이 훨씬 이득인 것이다.

농촌에서도 이럴진대 도시는 얼마나 더하겠는가? 저마다 취업 전쟁을 뚫고 저마다 좋은 자리를 차지하기 위해서 성형수술도 마다 않고, 자기계발이라는 이름 하에 수많은 학원들이 장사진을 이룬다. 이제 사교육은 더 이상 학생들만의 것이 아니다.

어른들도 취업을 위해 대학이나 대학원을 나오고도 사회의 규칙에 걸맞은 경쟁의 논리를 배워야 한다. 그것이 우리가 살고 있는 현실인 것이다. 이런 시기에 전통문화, 나아가 우리 것의 뿌리를 찾고 그 안에 담긴 철학을 논하는 것이 무슨 의미가 있느냐는 말도 일견 일리가 있다.

그러나 우리가 살고 있는 현재는 과거의 거울이다. 과거로부터 명맥을 유지해온 이 땅의 사상과 뿌리는 지금껏 우리를 가장 인간답게 만드는 힘이었다. 그리고 대한민국 땅에서 살아가는 사람은 너나없이 그 과거의 거울로부터 끊임없는 정신적 교류와 지시를 받고 있다.

그럼에도 매일 같이 벌어지는 생존 경쟁 속에서는 그것을 인지할 틈도, 설사 인지한다고 해도 제대로 들여다보고 성찰할 틈이 없다. 역사책보다는 자기계발서 한 권 더 보고, 미지의 세계에 감춰진 과거를 살피기보다는 당장 돈이 되는 일을 하는 것이 중요하다.

그렇다면 한 가지 생각해보자. 우리는 과연 우리 다음의 후손에게 무엇을 물려줄 수 있을까?

과거를 돌아보지 않았으니 과거로부터 얻은 것도 없는 텅 빈 껍데기로, 대체 무엇을 남겨줄 수 있을까? 성공이나 출세를 향해, 더 큰 기득권과 자본을 향해 앞뒤 돌아보지 않고 경주마처럼 달려가는 삶을 물려줄 것인가?

이 질문은 누구에게도 아닌 바로 자신에게 던져야 한다. 만일 그것에 대답할 준비가 안 되어 있거나 물려줄 것이 없다고 느낄 때, 우리가 할 수 있는 일은 하나다. 바로 역사책을 펼쳐보는 것이다.

즉 과거에서 내 뿌리를 찾고 자양분을 키워 그것을 다음 세대에 물려줄 기반을 스스로 만들어야 하는 것이다.

무조건 허무는 것은 진정한 발전이 아니다

최근 농촌 살리기를 위한 수많은 국책 사업들이 펼쳐지고 있다. 그런데 그 광경을 지켜보면 씁쓸한 기분을 감출 수 없다. 60년대부터 시작된 압축적인 국가 성장은 반드시 개발을 요구했다. 다급히 도로를 닦고 현대화 설비를 갖춰야 했다. 그래야 생산성이 높아지고 굶주림에서 벗어날 수 있었기 때문이다. 우리는 그렇게 했고, 결과적으로 배고픔에서 벗어났다.

그런데 최근의 농촌 살리기 사업들을 보면 시간을 그 시대로 거꾸로 돌린 것 같은 느낌이 든다. 인간은 어느 정도 의식주가 해결되고 나면 그 이상의 것, 이를테면 사상과 철학, 예술, 미관상의 아름다움처럼 풍요롭고 미적인 것들을 추구하게 되어 있다. 그것은 농촌도 마찬가지다.

도시가 나날이 아름다운 외관으로 변하듯이 농촌도 본래부터 존재하는 아름다운 것들을 최대한 살려 나날이 아름다워지고 싶어 한다. 비록 수입 농산물 개방과 여러 문제들로 시름할지언정, 이왕이면 내가 사는 곳에 자부심을 느끼고 싶은 것이다.

시골에는 '농촌 빈집 철거 정비사업' 이라는 것이 있다. 빈집에서 문제가 생길 수 있고 외관도 험하다는 것이다. 혹시 집을 허무는 풍경을 본 적이 있는가?

집은 사람이 사는 곳이자 그 주인들의 역사가 깃든 곳이다. 또한 초가집은 우리 선조들이 오랜 세월 지켜온 삶의 방식을 보여주는 가장 대표적인 공간이다.

따뜻하고 다순 정지며, 작지만 알찬 뜰, 나지막한 평상과 강아지나 닭들의 집도 되는 마루 밑, 그 모든 것이 우리 전통의 숨결을 고스란히 간직하고 있다. 그런 초가집을 허무는 순간, 무언가 가슴에서 우르르 무너져 내린다.

나는 그 장면을 수시로 지켜보았다. 그리고 순식간에 폐허가 된 그 자리를 바라보며 그 고통의 실체를 깨달았다.

그 초가집이 있던 자리에는 곧 삐까번쩍한 양옥이 들어설 테고, 그것은 아마 농촌 풍경과는 어울리지 않는 모습으로 허영기를 풍길 것이다. 그 생각을 하자 견딜 수가 없었다. 그리고 나 자신에게 되물었다.

"저 집을 고치고 잘 매만져서 마을의 전통으로 보존할 수 있었으면 좋았을 것을, 왜 그러지 못하는 거지?"

물론 시골도 편리함을 쫓는다. 그래서 전통적인 시골 가옥에 몇 가지 현대적인 시설들을 갖춘다. 그런 편리함을 왜 거부한단 말인가?

그러나 시골에는 시골다운 것들이 반드시 존재해야하고, 그것이 도시인들로 하여금 시골을 꿈꾸게 하는 원동력이 된다. 그런데 현재 벌어지는 여러 사업들은 도시 쫓아가기에서 그친다. 본래 그 마을에 어떤 집들이 많은지, 왜 그런 집들을 지었는지, 왜 도로 모양은 이렇고, 사람들의 성향은 어떤지, 그들은 무엇을 자랑스러워하는지는 전혀 고려하지 않는다. 심지어 이에 대해 설문지 한 번 제대로 돌리는 것도 본 적이 없다.

최근 세계화라는 말이 유행이다. 도시 사람들에게 그것은 들뜬 축제와 같은 말일지 모른다. 그러나 한 곳에 몇 십년간 뼈를 묻고 산 사람들은 다르다.

그런 이들에게 세계화는 내 것을 버리고 다른 나라를 따라가는 것이 아니다. 지금껏 내가 이 고장에서 소중히 품고 있던 것을 ‘나누는’ 일이다.

그런데 이제는 나눌 것이 없어져 버렸다. 농촌은 도시를 닮아가고, 그 도시는 이제 ‘세계’를 닮아가려고 한다.

문득 평평하고 밋밋한 세상이 떠오른다. 서로에게 자랑할 것도, 나눌 것도 없어져버린 세상에서 모두 똑같이 살아가는 걸 과연 진정한 화합이나 상생이라고 할 수 있을까?

부족한 것을 채워주고, 넘치는 것을 나누면서 저울대처럼 균형을 맞춰가는 세상은 과연 이루어질 수 없는 꿈인 걸까?

우리의 근본은 조화력이다

우리 상고사를 들여다보면 가장 먼저 발견되는 것이 조화의 개념이다. 우리나라가 좋아하는 숫자 3은 조화를 의미한다.

컴퓨터는 2진법에서 그치지만 조화를 좋아하는 우리나라 사람들의 사고는 10진법을 훌쩍 넘긴다. 실제로 이런 사고방식들은 아직도 시골에 적잖게 남아 있다.

나아가 우리 선조들은 대사이건 소사이건, 거의 모든 것에서 조화를 추구하고 의미를 부여했다. 삶이 그랬고 예술이 그러했으며 철학이 그러했다.

나는 이런 조화의 정신이야말로 현재 우리가 부딪친 난관을 해결할 수 있는 열쇠라고 생각한다. 최근 들어 귀농을 하는 이들이 부쩍 늘고 있다. 물론 요즘은 귀농도 쉽지 않다는 것을 알고 많은 공부와 연구를 하고 오는 이들이 많지만, 그럼에도 귀농은 결코 마냥 장밋빛 나날만 펼쳐지는 선택은 아니다.

농사짓는 것도 서투르고, 호기심 많은 시골 사람들 텃세 아닌 텃세에 적응하는 것도 문제지만, 더 큰 어려움은 그들이 결국은 '도시의 자식'이라는 것이다. 도시에서 나고 자란 사람이니 농촌의 정서와 생활에 쉽게 거부감을 느끼고, 무엇보다 조금이라도 불편한 것을 견디기 힘들어한다.

그러나 동시에 서서히 자신의 삶과 주변에 애정을 쏟으면서 도시에서 얻은 자신의 것과 농촌의 것을 조화시켜나가는 사람도 있다. 귀농에 성공한 이들은 대부분 무조건 양옥 시설을 짓고 이른바 유기농 농사에 달려드는 대신, 조금이라도 농촌의 것을 닮으려 하고 그 안에서 조금씩 배워나가는 자세를 견지한다.

나아가 자신들만의 경제적 지식과 기교를 발휘해 새로운 농사법을 도입하거나 지역 농산물의 특화에도 번쩍거리는 아이디어를 내놓는다. 비록 도시에서 나고 자랐지만 자신의 특별한 점도 살리되 주변과 조화를 이루며 겸허히 그것을 받아들이는 것이다. 그런 이들의 삶에서야 비로소 나는 '성공'이라는 두 글자를 본다.

그렇다면 이것은 무엇을 의미하는가? 비단 귀농이 아니라도 사회 전체에도 조화가 가능하다는 점이다.

낡은 것과 새로운 것 도시와 농촌을 흑백으로 구분 짓지 않으며, 그 중간 지대에 놓인 것들을 살피고 각자 가진 것을 함께 발전시키는 일이 가능한 것이다.

한번은 서울의 광화문에 간 적이 있다. 서울의 종로는 참 신기한 곳이다. 우리나라의 주요 고궁들이 많이 들어서 있음에도 그 정취가 전혀 느껴지지 않는다.

온통 고층빌딩 숲과 현대화된 시설뿐이다. 말 그대로 이곳은 과거와 현재가 정확히 양분된 곳이다. 고궁근처에는 고궁에 걸맞은 분위기가 필요함에도 매표소가 있는 입구에 다다르기 전까지는 이곳에 고궁이 있다는 것을 전혀 느낄 수 없다.

물론 땅덩이 비싼 서울 도심이니 그런 걸 지을 여유가 없겠지만, 이해하고 넘어갈 수도 있다.

그렇다면 그것이 비단 서울의 문제인가? 결코 아니다. 각 지역마다 특화될 수 있는 유적지나 문화가 적지 않음에도 그것이 그 지역의 삶과 어울리지 못하는 경우가 많다. 농촌에도 편의를 쫓는 심리가 작용하니 옛것은 버리고 새것을 취하려 한다.

중요한 것은 마음의 변화다. 귀농한 사람들이 갈등 속에서 조화의 지점을 찾아냈듯이 우리도 어쩔 수 없는 미래의 물결과 과거의 유물들을 조화롭게 상생시키는 지혜가 필요하다. 그러려면 자신이 가져온 뿌리에 애정을 느끼고 세심하게 돌볼 수 있는 마음이 필요한데 이것이 바로 역사를 공부하는 이유다.

시간대 영역을 단순한 현재로 환원하지 않고 과거 1000년, 미래 1000년을 넓게 바라보는 혜안이 각 개개인 모두에게 자리 잡을 때, 그 사회와 집단은 조화를 이루고 더 멀리 전진하게 된다. 그 순간이 멀지 않았다고 느끼는 건 오직 나뿐일까?

무엇이든 깊이 연구하고 실행해야 한다

세계화가 급속도로 이루어지면서 우리 것에 대한 관심이 오히려 부쩍 늘었다. 그러나 이 기뻐할 만한 일도 살펴보면 우려가 들지 않을 수 없다. 그 관심들조차 이른바 한류로 대변되는 일시적이고 표피적인 유행은 아닐까 우려가 된다.

예를 들어 김치면 김치, 한복이면 한복, 한글이면 한글, 이 모든 것에는 우리가 상상하는 이상의 역사와 정신이 담겨 있다. 그런데 여기에 관심을 갖는 이들도 대개 그 외적인 것에만 관심을 쏟는다. 어떻게든 그것을 세계인의 입맛에 맞춰서 상품화시킬 방법이 없을까만 고민한다.

물론 우리 것을 널리 알리고 이득을 얻는걸 비난하는 것은 아니다. 문제는 그런 식의 상품화는 아주 일시적인 노력으로 끝날 수 있고, 진정 지속되는 문화 교류와 우리 것의 세계 보편화에 큰 도움이 되지 않는다는 것이다.

즉 하나를 해도 그 안에 담겨 있는 진정한 의미와 다양한 활용 방법을 꾸준히 연구하고 지속하는 힘이 없다면, 그것은 한철 상품으로 끝날 수밖에 없다.

예를 들어 음식은 그 나라의 정신을 먹는 일이다. 같은 이국의 음식을 먹어도 거기에 얽힌 이야기를 알고 먹으면 훨씬 더 깊은 맛을 느낄 수 있다.

또한 그 안에 담겨 있는 슬프거나 즐거운 역사, 나아가 오랜 세월 동안 변화한 과정 등 모든 것이 양념이 된다.

김치를 단순히 김치로만 보면 건강식에 불과하다. 그러나 한국의 수많은 김치 종류들과 그 중에 가장 높은 건강의 가치를 가지고 있는 유산균의 발견 과정과 역사의 활용, 김치 유산균을 개발하여 새로운 가공식품을 생산하는 것, 다양한 재료들의 영양 상태 연구 등의 김치를 상품이 아닌 문화로 파는 일로 발전할 수 있다.

한복은 어떤가. 개량한복이 등장하긴 했지만 사실 그 일상적 활용은 여전히 쉽지 않다.

한국적 미를 살리려니 활동이 불편하고, 활동성이 좋으면 아름다움이 떨어진다. 그래서 개량한복을 자주 입는 나는 '대체 이 두 가지를 조화시켜 황금 비율을 찾아내는 방법은 없나?'

자연스럽게 되묻곤 한다. 그렇다면 그 방법은 뭘까? 바로 꾸준히 연구하고 실험하는 것뿐이다. 한복 개량에 집중하기로 했다면 그에 대한 연구를 지속적으로 해야 한다.

그럼에도 이 개량한복을 좀 더 생활에 밀착해서 일상복으로 만들 수 있는 꾸준한 연구는 아직 미흡하다. 그러다 보니 이제 개량한복은 "특별히 한복을 입고 싶어 하는 사람들이 가격 대비 비싸게 사서 입는 옷"이라는 생각이 보편화되었다.

비단 개량한복뿐만이 아니다. 많은 우리 것들이 여전히 껍데기만 거래된다. 그러다 보니 지속적인 수요가 생기기 어렵고, 부가가치도 크게 인정받기 어렵다.

무엇이든 제대로 하려면 10년이 걸린다고 했다. 하물며 수 천 년간 이어온 소중한 유산들을 세계에 선보이는 일이 쉬울 리 없다. 그렇다면 그 첫 단계를 착실히 밟아 올라가는 일을 바로 이 순간 시작해야 한다.

그래야만 우리 아랫대의 후손들이 더더욱 그것을 발전시켜 궁극적으로는 세계 보편적인 인정을 얻어오고 그로써 더 많은 풍요로운 결실들을 얻을 수 있다.

말로만 외치는 세계화는 급조된 것에 불과하다. 진정한 세계화란 미래를 바라보는 깊은 연구를 통해 그것을 외부와 '나누는' 일임을 잊어서는 안 될 것이다.

역사 전쟁에 맞서야 하는 이유

동북공정이 말썽이다. 뿐만 아니라 이웃나라 일본에서도 군국주의 부활설이 나돌고 있다.

'역사를 지배하는 나라는 세계를 지배하게 된다.'는 말이 있다. 역사를 내 것으로 만들면 결과적으로 국제적 정당성을 얻는다는 의미다.

실제로 우리가 사는 세상은 '내가 옳다!'는 단순한 주장으로는 절대 판가름 나지 않는다. 개인이건 집단이건, 나아가 국제사회건 어떤 논제를 해결하려면 그에 걸맞은 근거가 필요하다.

다시 말해 아무리 진실도 그것을 진실로 규명하는 체계적인 작업이 없다면 인정받을 수 없는 것이다. 한국의 독도나 동해의 지도 표기 문제를 해결하는 것이 절실한 것도 그런 이유에서다.

그럼에도 우리는 이 역사 전쟁의 순간을 피부로 느끼지 못하고 관망하고 있다.

대부분은 나와는 크게 상관없는 문제라고 생각한다. 그러는 사이 중국과 일본은 착실히 왜곡된 정보들을 현실화시켜 국제사회에 전시하고 있다. 이런 상황에서 우리는 무엇을 해야 하는가?

사실상 역사 왜곡은 국가적 차원의 것이다. 한 개인이나 작은 집단의 힘으로는 역부족이 될 수밖에 없다.

국가 경쟁력의 확보, 1인당 국민생산, 수출 증대, 모든 것이 중요하다. 그럼에도 단언하고 싶은 것은, 역사보다 중요한 것은 없다는 것이다.

역사를 되찾아오는 일은 장기간의 노력을 요구한다. 광범위한 국가적 인식이 필요할뿐더러 물질적 지원 또한 절실하다.

이런 상황에서 한 개인이 할 수 있는 일은 내가 알고 있는 올바른 지식을 전 방위로 나누고, 그에 대한 수긍과 긍지를 얻어내는 것뿐이다. 그런 면에서 국가 차원으로 역사 왜곡에 박차를 가하는 중국과 일본의 의지는 두렵기까지 하다.

배고플 때의 지식은 아무 쓸모가 없을 수 있다. 우리는 일제강점기, 전쟁, 근대화를 거치면서 굶주림의 기억을 강하게 품고 있다. 당장 눈앞에 보이는 것에 급급할 수밖에 없다.

그러나 미래는 우리의 생각보다 훨씬 빠른 속도로 다가오고 있다. 또한 그 미래의 모습은 지금 이 순간 우리의 행동과 의지에 달려 있다고 해도 과언이 아닐 것이다. 나아가 당장 배부른 것보다 중요한 것이 분명히 있음에도 그것을 외면한 결과는, 앞으로 명확하게 나타날 것이다.

배가 고파도 불러도 앎과 배움, 그리고 그것을 행동으로 옮기는 일은 반드시 필요하다. 새로운 앎이 내 생활, 나아가 집단을 변화시키고, 그것이 결과적으로 세상을 변화시킨다.

많은 역사 학자들이 진실을 밝히기 위해 어려운 여건 속에서도 집필과 연구를 계속하는 이유도 그런 이유에서일 것이다. 돈도 안 되는 일, 부가가치 없는 일이 사실은 진정 중요한 일이었음을 언젠가는 이 세상도 알게 되리라.

역사 전쟁은 현재 우리 눈앞에서 벌어지고 있는 일이다. 그것이 두렵지 않다면, 자신의 무딘 정신을 한 번쯤 의심해봐야 한다.

나아가 현재 저들의 주장이 어떤 근거를 통해 가지를 뻗어가고 있으며, 그것을 뒤집을 만한 근거들을 어떻게 찾고 체계화시킬 수 있을지를 고민해야 한다.

독도를 빼앗긴 뒤에야 저들을 원망하고 땅을 치고 후회해 봐야 소용없다. 지금 할 수 있는 것을 해야 한다. 그것이 아무리 작은 것이라도 꾸준히 관심을 가지고 지속해야 한다.

흐린 세상을 건너려면, 옛것을 소중히 해야 한다

정신없이 바쁘게 살다 보면 내가 삶을 끌어가는 것이 아니라, 삶이 나를 부득부득 끌어가는 느낌이 들 때가 있다.

먹는 음식의 맛도 모르고, 눈으로 보는 풍경이 좋은 줄도 모른다. 그렇게 달큰하던 바람 냄새도 더 이상 코끝에 와 닿지 않는다.

이처럼 바쁜 사람들에게는 일상의 것들을 소중히 할 여유가 없다. 그래서 지금 내가 하고 있는 행동이나 습관이 수 천 년 전부터 이어져 내려온 관습이자 정신이라는 것을 느끼고 음미할 틈조차 없다.

명절 날 제사를 지내도 지친 몸을 이끌고 제사 음식을 차린다. 제사 방법을 모르니 서로 눈치를 보고 따라한다. 제사가 끝나고 나면 "휴, 살았다" 소리가 절로 나온다.

일상을 소중히 누린다는 것은 그 안에 스며든 오래된 가치들을 찾는 일이다. 사실상 명절의 제사 같은 것을 예로 들 필요조차 없다. 김치 한 쪽을 먹어도, 아침에 일어나 마당을 싸리비로 쓸면서도, 텃밭을 돌보러 가기 전에 새참을 싸 가면서도, 어르신들을 만나면 정겹고 정중하게 인사를 하면서도, 자연스레 그 안에 스며드는 오랜 시간의 향기를 느낄 수 있다.

실제로 우리의 수 천 년 역사는 우리에게 많은 것을 남겨 놓았다. 이를테면 민족성이라 불리는 것일 텐데, 아직도 우리는 아리랑을 들으면 눈시울이 붉어지고, 잊혀져 가는 지역 민요 한 구절에서 과거의 고달팠던 삶을 추체험하고 향수한다.

그것은 어떤 대단한 공연도 줄 수 없는 감동이다. 그것은 내 안에서 살아 숨 쉬는 과거의 흔적이자 앞으로도 이어져 나갈 정신의 한 조각이기 때문이다.

세상이 흐려서 내 마음에 간직된 소중한 가치들을 잊고 살 때, 오래된 우리 조상들의 경전을 살펴보라. 그 안에는 내가 모르지만, 또한 알 수 있는 세계들이 잠들어 있다.

나도 모르게 내 정신은 수 천 년을 거슬러 올라가 광활한 대륙을 오가고 수많은 역경과 고난, 그것을 극복하는 순간을 만나게 된다.

문득 사는 일이 어렵다고 느낄 때는, 내 아버지의 아버지, 그 아버지의 아버지라면 이 순간을 어떻게 이겨냈을까 고민해보라. 나를 이 세상에 낳아놓은 그들 중에 한 사람은 분명히 답을 줄 것이다.

이 책은 바로 그런 순간을 위해 쓰여졌다. 부족한 지식이지만 열심히 읽고 스스로 배운 흔적이기도 하다. 많은 이들이 읽지 않아도 좋다. 이것이 이 흐린 세상을 건너는 누군가에게 작은 등불의 쓰임만큼만 도움이 된다면 좋겠다.

올곧은 정신을 가지고 우리 조상들의 품성을 닮고자 하는 이들, 느리게 가되 정확한 길을 걷고자 하는 이들, 지금 세상이 잘못되었는데 그것이 무엇인지 고개가 갸우뚱한 이들, 이 세상을 더 사랑하고 싶은 이들 모두를 위해 이 책을 바친다.

마지막으로 이 책이 완성될 때까지 항상 곁에 있어주었던 가족들, 장안문화예술촌의 동료들, 그리고 저를 아는 모두에게 감사를 전한다.

전북 장수에서　고태봉

1장

한국인이 가진 비판적 상상력의 세계

1

우리 상고사 돌아보기

천 년 동안 지속된 역사 따라가기

우리 역사를 돌이켜보면 자랑스러운 면만큼 안타까운 면도 많다. 고조선, 고구려, 백제, 신라, 고려, 조선까지를 살펴보면 우리 얼을 순수하게 지킨 역사는 고구려 이전에서 끝난 것으로 보인다. 고려 이후부터는 외부의 영향을 지나치게 의식해 남의 것을 따라하는 경향이 커졌기 때문이다. 그러나 안타깝게도 이제 우리는 고구려 이전의 기록들을 살펴볼 길이 없다. 대부분의 기록들이 유실되거나 우리 손을 벗어나 있으니, 고작해야 일부 유적이나 외부의 자료에 의존하는 정도다. 게다가 이마저도 일부 사학자들의 개인적 노력에만 의지할 뿐 역사의 복원을 통해 나라의 기틀을 세우려는 큰 규모의 활발한 차원의 움직임은 미흡하기 그지없다.

고구려 이전을 살펴보기 어려워진 지금, 그렇다면 우리는 한 가지 질문을 던질 필요가 있다. 우리는 이 시절로부터 얼마나 달라졌을까, 우리가 지난 몇 백년간 이끌어온 역사는 과연 우리의 것이 맞는가, 지금 우리가 누리고 있는 삶이 진정 우리의 주체적인 결정에 의한 것이었을까 하는 점이다.

고려는 백성들을 통합하기 위해 정치적으로 불교를 택했으며, 나아가 근대의 조선은 유교를 통해 중국의 공맹사상을 받아들였다.

그 이후 또 다른 변화가 있었다. 일제강점기의 망국으로 인해 간도를 비롯한 우리의 땅과 역사가 사라지면서 식민사관이 온 땅을 지배했다.

이 간도는 근대 조선의 숙종 때부터 분명히 존재했음에도 한국의 외교권을 갈취한 일본이 만주 침략을 위해 청나라와 간도협약(1909)을 맺은 이후 지금까지도 되찾지 못하고 있다.

하지만 이런 안타까운 상황을 추스르기도 전에 또 다시 한국전쟁이 터져 나라를 절반으로 쪼개버렸고, 전후에 벌어진 압축적인 국토개발은 새마을 운동이라는 명목으로 그나마 남아 있던 우리문화를 '새마을 삽(?)'으로 퍼냈다. 그리고 이제는 미국 따라가기, 무조건식 영어 사용을 통해 미국의 경제 속국이라는 오명까지 얻었다.

과연 우리는 이렇게 천 년이 넘도록 따라가기 역사만 반복해야 하는 걸까? 물론 우리가 지금껏 명맥을 유지한 건 망국 직전 그나마 조화력 있는 외교 덕이라는 주장도 있다. 하지만 그런 이들은 '그간 내준 것은 내준 것이고 그럼 그나마 남아 있는 우리 것은 얼마나 찾아서 활용했느냐?' 물으면 수긍할 만한 답을 내놓지 못한다.

흔히 우리 민족을 반만년 역사와 찬란한 문화를 가진 배달민족이라고 말한다. 여기서의 배달은 '밝은 땅'의 겨레라는 뜻으로 환웅이 다스리던 나라라는 뜻이다. '박'과 '백'이 '배'로 변한 현상으로 밝땅 - 밝달 - 배달이 같은 의미로 쓰이는 것이다. 하지만 반만년 전 초기 역사의 실체 확인이 매우 미흡하고 그 이전의 역사가 혼미한 안개 속에 쌓여 있는 지금, 이것이 단순히 말만으로 끝나지 않을까 우려하지 않을 수 없다.

우리나라의 대표적인 상고사 책인 『한단고기』와 『부도지』를 고찰해 보면 한인이 세운 한국(桓國)[1]과 한웅시대의 배달국과 단군시대의 조선이 언급된다. 그러나 불행히도 한인, 한웅과 단군조선의 역사는 정사의 기록이 아니고 근거가 부족하다는 이유 등으로 기록사학자들 사이에서 인정받지 못하고 있다. 신라 때부터 중국 세력에 의존했던 과거, 고려와 근대조선의 불교와 유교 정책으로 인한 사대주의, 일제의 역사 왜곡, 나아가 식민사관과 수 십 만 권의 분서, 한반도에 멈춰버린 사학자들의 안이한 태도 등이 장애가 되고 있는 것이다. 사실상 근대의 조선도 건국 초기부터 중국의 인정

---

1) 환(桓)으로 읽혀지고 있으나 환은 원래 하늘, 하나님, 하나(전체)라는 뜻이며, 한문 표현이므로 '한'으로 표현하겠다. 우리 역사의 시조인 환인(桓因)도 그대로 번역하면 '하나(一者)인 원인(原因)'으로 번역할 수 있듯이 환은 한이다.

을 받고서야 출발할 수 있었으니 어떻게 정사에 제대로 기록될 수 있었겠는가?

이런 상황에서 중국의 동북공정은 무서운 현실로 다가온다. 없던 일을 꿰어 맞춰 억지 역사를 만들어 우리 역사를 중국의 하부 역사로 몰아가고, 일본 역시 임나일본설이나 독도영유권 분쟁 등 역사 왜곡은 물론 새로운 영토 침략까지 감행하고 있다.

여기서 잠깐 독도 영유권 문제를 보자. 대마도는 일본보다 한국에서 가깝다. 『양계강역고기(兩界疆域考記)』에는 '영남의 대마도'로 기록되어 있고, 고려에서는 대마도 주인에게 '만호' 라는 직함을 하사했으며, 세종 때 이종무 장군이 정복한 대마도는 그 이전부터 한국 땅이 분명했다.

그 근거도 명확하다. 대마도는 '마한을 대하고 있다' 는 뜻과 두 섬(쓰시마, Tusima)이라는 뜻이 있는데, 모두 우리 역사와 관련되어 있으며 우리말 발음이다. 그러나 안타까운 건 우리 역사를 우리 스스로 인정하기 힘들었던 게 어제 오늘의 일이 아니라는 점이다.

예를 들어 단군 신화를 보자. "단군은 신화가 아닌 역사다." 아마 이 말을 속 시원히 하고 싶어도 아직은 쉽지 않은 상황이다.

의식 있는 역사학자들도 역사 자료를 국내에 한정하거나 일시적 경험으로 연구를 발표하는 탓에 아직 정확한 근거들이 마련되어 있지 않다.

그러나, 이를 뒷받침해 주는 귀한 자료가 하나 있다. 바로 『한단고기』다. 『한단고기』는 신라의 안함로(삼성기 상편), 고려의 원동중

(하편)을 통틀어 「삼성기」라 하고, 고려 말 행촌 이암의 「단군세기」, 고려 공민왕 때의 학자인 휴애거사 범장이 지은 「북부여기」, 일십당 주인 이맥의 「태백일사」의 4권을 합친 것을 1911년 운초 계연수(?~1920)가 한권의 책으로 엮었는데, 이 『한단고기』에서는 한국(桓國)시대 7대 3,301년, 배달국(한웅)시대가 18대로 1565년, 단군조선 시대가 47대로 2096년이다. 즉 이후 삼한시대의 기원전 238년부터 서기 2010년까지가 우리 역사이고 그렇게 계산하면 우리 역사는 대략 1만 년이 된다.

또한 『한단고기』에서 말하는 한인, 한웅 시대를 제외하고라도 기원전 2,400여년부터의 청동기, 고인돌, 비파형동검의 분포 유적을 살피면 단군 조선의 세력을 이해할 수 있는데, 이 근거에 의하면 현 중국의 황하 유역까지가 한국이었다고 한다.

이 부분의 과학적 사료들은 부지기수며 우실하 교수의 『고조선의 강역과 요하문명』에 나오는 지도를 보면 더 확실해진다.

특히 여기서 유물 중에 비파형동검이 시사하는 부분은 흥미롭다. 한국은 청동기 시대를 기원전 1,000년 경으로, 북한은 2,000년 경으로, 세계사는 4,000년 경으로 보고 있다.

『한단고기』의 「삼한관경본기」에서는 한웅 천왕이 천부를 새긴 거울, 칼, 북(천부인)을 들고 제사를 지냈다는 기록이 있는데 여기서 천부를 새겼다는 것은 사용한 도구가 돌이 아닌 칼로서 청동의 칼이었음을 짐작하게 한다.

거울도 마찬가지다. 그렇다면 이미 한웅 시대에 청동을 활용했다고 보는 것이 옳은데, 이는 최소 기원전 4~5000년 전의 일이다.

특히 홍산문화에서 발견된 옥의 발생년도는 기원전 1만여 년까지도 거슬러 올라가는데, 옥은 옥 이상의 단단한 돌 즉, 현대의 초경합금 이상이 아니면 가공할 수 없다.

그렇다면 과연 1만 여 년 전에는 무엇으로 이 옥을 가공했을까? 알 수 없는 일이다.

『한단고기』가 중요한 이유

경주에서 고대종교문화를 연구하고 있는 정형진 씨의 설명에 따르면, 우리 민족은 지금의 이란, 다시 말헤 옛날에는 메소포타미아 남동부, 자그로스 산맥 언저리에 있었던 '수시아나' 또는 흑해의 프리기아에서 시작해 '앙소문화'를 만들고, 이어서 홍산문화와 결합해 지금에 이르렀다. 그 민족은 공공족(共工族, 환웅족)이라 불렸는데, 중국의 화하족은 우리의 공공적과 융합 또는 적대하면서 뿌리를 내렸다.[2]

이 공공족과 관련해 정형진 씨는 공공족과 동이족이 같고 석가모니 동성인 시카족과도 같다고 했다.

공공족은 위하(渭河)와 황하를 무대로 신석기 시대 후기의 주역으로 활동한 사람들인데, 물의 신이자 대지의 창조자로 알려진 공공의 아들 후토는 중국 전 지역의 승리자였으며, 황제의

---

2) 정형진, 『천년왕국 수시아나에서 온 환웅』, (도서출판 일빛).

후손인 전욱과 제곡고신과 천하를 겨뤘으나 후에 중원을 차지한 요임금 이후 많은 기록에서 제외되어왔다고 한다.

이 공공족은 공방, 홍방으로도 불렸는데, '곱자 = 금척'을 받드는 것과 관련해 "하늘의 뜻을 받들었다"는 뜻으로, 하늘과 통하는 '천손'이라 정의되었다. 또한 선도(仙道)의 뿌리로도 해석되는데, 천손, 선도, 금척 등은 한민족의 오랜 뿌리와도 같다.

나아가 우실하 교수는 홍산문화의 근거로 14,500여 년으로 추정되는 '흑피 옥'을 검증했지만, 이는 아직 대외적으로 알려지지 않았다. 윤내현 교수도 이와 비슷한 내용을 언급하고 있다.

이외에도 한국, 한웅의 나라가 존재한다는 논리적 정황이나 유적이 수없이 많음에도 강단 사학자들은 이 실체를 부정하고 있다. 연구가 부족한 고지식한 학문적 태도가 아닐 수 없다.

중국의 시조인 하 나라는 기원전 2,100년 무렵 시작되었다. 이처럼 고조선의 역사보다 늦게 또는 비슷하게 시작되었음에도 조선시대 이후의 기록을 보면 '중국의 영향을 받아' 식의 표현이 지나치게 많다는 것은 의아한 일이다.

문화는 주고받는 것이지 결코 일방적일 수 없다. 그럼에도 불구하고 중국이 아니면 우리 존재 자체가 유명무실한 것처럼 표현되는 것은 기초적 상식에서도 벗어난 일이 아닐 수 없다.

그리고 어쩌면 이런 오랜 정신적 습득이야말로 스스로 부족하다고 생각해 우리 스스로 중국에 이어 일본, 미국이라는 선진국을 따라가는 데 급급하고, 한글 활용도 미약하면서 영어 열풍이 몰아치는 근본적 이유는 아닐까?

현재 『한단고기』와 이에 관련된 역사 연구의 정립은 중국의 동북공정과 일본의 영토영유권문제에 대응할 수 있는 유일한 방법이다. 지금 이것을 제대로 정립하지 못한다면 중국의 동북공정에 의한 우리 역사의 유적 파괴로 우리 역사를 송두리째 빼앗길 수밖에 없다.

역사가 없다는 걸 무엇을 의미하는가? 그것은 민족도, 문화도, 정신도 없어지는 일이다. 그럼에도 현재 우리 정부와 학계는 세계화와 동북아시아 중심을 외치면서도 정작 중국의 동북공정이나 일본의 영토권 문제제기에 이렇다 할 해결책을 내놓지 못하고 있다. 단지, 재야사학자들의 애국적 참여만이 존재하는 것 같아 안타까울 뿐이다.

21세기는 문화의 시대다. 그럼에도 우리 역사와 그에 따르는 문화적 실체가 아직도 정립되지 못했다는 건 큰 국가적 손실이 아닐 수 없다.

물론 이것은 우리 역사만 오래됐고, 우리 역사만 세계의 중심이라는 뜻은 아니다. 다만 주변국의 화합이란 결국 내 뿌리를 정확히 알고 우리의 문화를 이해한 뒤에야 시도해볼 수 있는 것이 아닐까?

실제로 『한단고기』를 중심으로 우리 역사를 정리하고 그 주변을 확인하는 것은 큰 의미가 있는 일이다. 예를 들어 『한단고기』에서는 나라의 시작을 '나반(那般)'과 '아만(阿曼)'이 만나 '아이사타'에서 혼례를 이루고 '구한(九桓)'을 이루어 번창했다고 말한다.

여기서의 구한은 구이(九夷), 구려(九黎)라고도 하는데, 지금도 사용하는 구룡마을, 구기(九氣), 구미호(九尾狐), 단군이 은퇴했다는 구월산(九月山) 등의 지명이 이런 역사적 사실과 관련이 있어 보인다.

또한 당시의 지도자는 천제한인(天帝桓因), 또는 안파견(安巴堅)이라고도 불렸다. 이것이 우리나라의 시작으로 때는 기원전 9,207년 전이며 그 땅이 "남북 5만 리요, 동서가 2만 여리니 통틀어 말하면 한국이요, 갈라서 말하면 12국이다"라고 했다. 또한 바이칼 호수 주변의 암각화, 토기, 검 등의 유적과 언어 등 당시의 문화가 우리와 일치한다는 증명은 수없이 많다.

이는 우리나라의 땅이 바이칼 호수 주변으로 알타이 산맥을 넘어 천산산맥과 현재 중국의 황하 강 유역까지였다는 뜻이다. 이렇게 되면 고대 4대문명의 하나인 황하문명도 우리 문명에 속하는 셈이 된다.

심지어 12국 중 수메르 문명이 이미 우리 문명에 속해 있고, 나아가 메소포타미아 문명을 비롯한 고대 4대문명을 만든 뿌리를 우리 문명이라고 보는 시선도 있다.

또한 민족의 이동 경로 면에서 보면 이란의 수시아나 지역에서부터 우리의 역사가 시작됨을 증명하는 이론도 마찬가지다. 그야말로 우리의 조상들은 드넓은 평야에서 활약한 셈이다.

상고사를 되살리면 문화가 살아난다

말이란 하나의 민족에게 뿌리와 같은 것으로 인식과 사고의 흐름, 나아가 문화 전반에 깃든 정신을 보여준다. 그렇다면 우리의 뿌리를 보여주는 우리말은 상고사와 어떤 관련이 있을까?

우리의 첫 조상은 나반과 아만이었으며, 나라를 다스리는 첫 사람을 '천제한인' 또는 안파견이라 불렀고, 수도는 아이사타였다.

여기서 나반은 우리말 하나버지(한아버지), 하나씨, 할아버지와 관계있는 어원이며, 안파견은 아바지, 아버지와 관계된다. 또한 아만은 어미, 어마니, 어머니와 관계되는 어원이다.

또한 하나씨는 지금도 시골에서 할아버지를 부르는 호칭으로 사용되고 있는데, '씨'는 왕에게 사용했던 극존칭으로 나 역시 지금도 할아버지를 '하나씨'라고 불렀음을 기억하고 있다.

아이사타는 아리사타, 아사달과 관계가 있으며, 여기에서의 아사는 아침, 처음, 광명, 동방, 동녘, 태양 등을 의미한다. 터키의 이스탄불이 '해 뜨는 동방'이고, 파키스탄, 우즈베키스탄, 아프카니스탄의 이스탄은 아이사타에서 비롯된 것이니, 아이사타의 잔영이 중앙아시아[3]로 넘어갔다는 걸 알 수 있다.

또한 일본은 아직도 아침을 아사라고 한다. 일본의 신대문자가 우리의 『한단고기』에 나오는 가림토 문자와 거의 같고, 인도와 몽고는 물론 중남미 고대어와도 같은 점이 발견되는데, 이는 단순한

---

3) 이일봉, 『실증 『한단고기』』, (서울 : 정신세계사, 2004), 22-24쪽.

우연의 일치는 아닐 것이다.

이와 관련해 배제대학교 손성태 교수가 최근 흥미로운 논문을 발표했다. 그의 논문 『중남미의 고대어와 우리말 구조비교』는 '나와들어(마야문명과 아즈텍 문명)', '케추아어(잉카제국)', '과라니어(브라질 남부, 파라과이, 아르헨티나 북부) 등의 언어가 우리 어순과 일치하고 문장 구조가 같으며, '아즈텍'이라는 말도 '아사달'에서 시작됐다고 밝히고 있다.

또한 '아파치'도 '아바지'의 변형된 말이라는 가설도 있는데, 그렇다면 아메리카 대륙을 처음 발견한 것은 '콜럼버스'가 아니라 우리 민족이며 이 문화의 흐름이 중남미까지 같은 맥으로 발전했다는 가설도 세워볼 수 있다.

이는 하나의 뿌리에서 시작된 우리의 문화적 소양이 세계를 이끌어갈 만한 역량을 갖추고 타 민족과 공감대를 형성하는 중요한 역할을 할 수 있음을 보여준다.

그럼에도 아직까지 주변에서 제대로 된 우리글 사전 하나 구하기 어렵고, 우리가 입는 옷이나 언어 모두에는 온갖 외국어들이 가득하다.

시대가 변하면 말도 변하는 게 당연하지만, 그 와중에도 순 우리글, 특히 그 뜻과 역사성과 문화적 요소를 잘 보존해 다양하게 활용하는 것은 우선해야 할 일이다.

실제로 우리 민족에 대한 경외는 비단 우리의 기록과 유적에만 존재하는 것이 아니다. 『논어』의 자한(子罕) 편에는 이런 장면이 나온다.

"공자가 구이 땅에서 살고자 하니 어느 사람이 말하기를 '누추할 텐데 어떡하시겠습니까?' 하자 공자가 말하기를 "군자가 거처하는 곳인데 어찌 누추함이 있겠는가" 하여 동이족을 동경했다.

한나라 동방삭이 저술한 『신이경(神異經)』은 "동방에 사람들이 있는데 붉은 옷에 흰 띠를 두르고 검은 관을 쓰고 있으며 여자들은 모두 채색한 옷을 입고 있다. 남녀의 아름다운 모습은 가히 사랑스럽고 항상 떨어져 앉아 서로 범하지 않는다. 서로 칭찬하고 서로 헐뜯지 않으며 남의 어려움을 보면 몸을 던져 구하여 주니 이름 하여 선(善)이라 하며 세상에서는 사인(士人)이라 말한다"라고 했으며 『후한서』와 『삼국지』「동이전」의 기록에 보면 "이른바 중국에서 예(禮)를 잃었을 때에는 사방의 동이(東夷)에게서 구하였다"라고 했다.

이외에도 중국이 동이족을 찬양하는 기록은 얼마든지 있다. 심지어 고대의 중국도 우리나라를 숭앙했는데, 우리 선조의 가치를 우리 손으로 지켜나가지 못하는 것은 안타까운 일이 아닐 수 없다. 문화는 어디까지나 역사를 바탕으로 이루어진다. 우리의 전통 문화를 존중하고 새롭게 일으키기 위해서는 반드시 바로 서기 위한 역사가 있어야 한다. 이것이 바로, 상고사를 살피고 그것의 올바른 부활을 바라는 애절한 바람이 큰 이유다.

 마음으로 세상을 탐하라

2

경서로 엮어낸 민족의 정신

민족 교화와 차별화의 경서, 『천부경』

한인시대를 지나 우리 조상들은 배달국의 한웅시대와 조선의 단군시대를 맞이했다. 당시 땅덩이의 크기는 어마어마했지만 비단 넓은 강토만 중요한 건 아니다. 덩치만 크다고 강국은 아니기 때문이다. 그런데 그들에게는 난해해서 해석이 쉽지 않으면서도 기품과 깊이를 갖춘 경서와 철학이 있다. 더 놀라운 건 그 어렵다는 경서와 철학이 삼신사상, 기 철학, 단동십훈 등을 통해 일반인들에게도 생활화되어 있었다는 점이다.

대표적으로 『천부경(天符經)』을 보자. 『한단고기』의 「태백일사」 소도경전본훈에 "『천부경』은 천제 한국에서 말로만 전해지던 글이니 한웅대성존이 하늘에서 내려온 뒤 신지(神誌) 혁덕(赫德)에게

명하여 녹도의 글로써 이를 기록케 하였다”라는 글귀가 있다. 녹도란 사슴 발자국을 본 떠 만든 글자로, 가림토, 구결, 훈민정음의 글자로 발전해 사용되었으며 중국이 사용했던 갑골문의 근원으로 본다.

이 같은 근거로 볼 때 결국 『천부경』은 한 철학의 근본이며, 이를 일상으로 표현한 것이 『삼일신고(三一神誥)』와 『참전계경』이다.

이중 『삼일신고』는 366자의 한문으로 기록된 짧은 경전으로 천신조화의 근원, 세상 사람들과 사물들의 교화를 위해 쓰여진 것이며, 『참전계경』은 고구려의 재상 을파소(乙巴素)가 백운산(白雲山)에 들어가 하늘에 기도하고 얻었다는 천서(天書)로 성誠, 신信, 애愛, 제濟, 화禍, 복福, 보報, 응應의 팔리훈(八理訓)과 그 개개의 실덕(實德)과 체(體)와 용(用)을 각기 분설한 총 366훈으로 이루어져 있다. 그렇다면 이런 오래된 경서가 21세기를 사는 우리에게는 어떤 의미를 가질까?

우리가 살고 있는 세상은 세계적으로 항공, 철도 및 교통이 비약적으로 발전하고 정보의 교류가 가속화되고 있는 곳이다. 이런 상황에서 우리나라도 언제부턴가 ‘세계화’ 또는 ‘동북아시아의 중심 국가’를 부르짖고 있다.

하지만 세계화가 과연 정치적 공언이나 활발한 무역, 관광객 유치만으로 이루어질 수 있는 것일까? 진정한 세계화란 단순히 외적인 수치나 눈에 보이는 것이 전부가 아니다. 그것은 교류하는 이들 사이에 문화적 동질감, 미래에 대한 신뢰, 나아가 철학적 감성이 형성될 때 생명력이 더해진다.

그렇다면 이런 문화적 중심에서 가장 중요한 것이 무엇일까? 바로 정신문화다. 또한 진정한 세계화란 보편적 정신을 공유하는 동시에 민족의 특수성도 존중받아야 한다. 굳이 순서를 매기자면 한 민족의 특수성이 성립된 뒤에 이것이 세계적 보편성을 확보하면서 변치 않는 교류의 가능성이 펼쳐지는 것이다.

물론 한 나라의 정신·문화적 중심은 다양하다. 종교도 될 수 있고, 철학도 될 수 있으며, 도덕적 관념과 사회 풍토가 될 수도 있고, 민주적 법률과 체계일 수도 있다.

아무튼 각각의 국가들은 그 특수성과 보편성을 유지하면서, 또 다른 국가와의 관계를 갖고 생존해가야 한다. 그런 의미에서 우리나라에 『천부경』이 있다는 것은 전 세계가 놀랄 만한 일이자 의미가 깊다.

한 민족의 정신문화를 깊이 있게 서술한 경서는 그 민족을 특성화하는 동시에 보편성을 확보할 수 있는 좋은 매체다. 특히 『천부경』은 창조와 소멸과 생명의 근본과 우주의 섭리 같은 철학적 견지가 펼쳐지는데 내용은 다음과 같다.

일시무시일(一始無始一) 신삼극무진본 천일일지일이인일삼(新三極無盡本 天一一地一二人一三)일적십거무궤화삼 천이삼지이삼인이삼(一積十鉅无櫃化三 天二三地二三人二三)대기합육생칠팔구충(大氣合六生七八九衷)삼사성환 오칠일묘연 만왕만래(三四成環 五七一妙衍 萬往萬來)용변부동

본 본심본태양 앙명인중천지일(用變不動本 本心本太陽 昻明人中天地一)
일종무종일(一終無終一)[4]

『한단고기』에서는 『천부경』을 "우주 삼라만상의 원리가 과거, 현재, 미래까지도 훤히 제시된 다시없는 경전이나 팔괘, 역학, 오행 등의 심오한 학문이 없이는 풀이할 수 없는 책"이라고 언급한다. 즉 이 책은 대단한 철학적 관점에서 쓰여진 경서인 만큼 통일된 해석이 존재하지 않는다. 다만 여기서는 그 중에 몇 가지 놓치고 싶지 않은 내용들을 짚어보려고 한다.

하늘과 땅과 사람, 3의 우주관

『천부경』은 일시무시일(一始無始一)로 시작하여 일종무종일(一終無終一)로 끝난다. 여기서의 일(一)은 한 개와 전체를 동시에 표현하며 한 철학과 연관된 것으로, 시작도 끝도 없는 무궁무진한 우주의 원리와 생명의 창조와 소멸을 거론하는 것이기도 하다.

이어서 한국의 전통 숫자인 3(三)도 등장한다. 대기합육생칠팔구충(大氣合六生七八九衷)에서는 한국의 전통 철학인 기(氣)의 이야기, 더불어 천지인 사상과 삼족오의 상징인 태양도 등장한다.

우주를 다른 말로 '天地'라고도 하는데, 굳이 해석하지 않아도 이 모든 것과 3은 우주를 이해하고 있었던 우리 사상의 뿌리를 짐

---

4) 박대종, 『한국에서 발견된 갑골문자에 관한연구』, (대종어언연구소 2002), 43-45쪽. 박대종은 『농은유집』의 갑골문 『천부경』을 근거로 『한단고기』의 '析, 三, 運' 을 '新, 氣, 夷' 으로 보고 있다.

작하게 한다.

오래전 우리 서당 문화를 기억해보자. 서당에서는 "하늘 천 따지 검을 현 누르 황~"을 읊는 소리가 시종일관 흘러나왔다. 돈이 없어 그마저도 배우지 못하는 꼬마들은 친구가 나오기를 기다려 따라 읊기도 했으니, 대부분은 그 첫 대목이라도 외운다. 『추구(推句)』의 첫 대목은 "천고 일월 명이요, 지후 초목 생이라~"로 시작된다. 이는 조선 시대 끝자락의 여운이었으며 어릴 적 추억의 노래로 남아 있다. 그것은 하늘과 땅과 사람이 어우러져 살아가는 우주관을 가리키며, 학문의 시작을 알리고 있었다.

인간은 태어날 때부터 가르침에 적응해나가는 고등동물에 속한다. 우리의 과거 조상들은 어릴 때부터 영어나 수학이 아닌 우주관을 가르쳤다. 그러니 사고의 폭이 넓을 수밖에 없다. 『천부경』은 중간 부분에서 수리학적 이치와 함께 천지인을 언급한다. 하늘, 땅, 사람은 곧 자연이자 우주다.

훈민정음을 발표한 세종대왕의 훈민정음 해례도 마찬가지로 한글이 천지인 사상을 바탕으로 만들어졌다. 'ㅇ'은 하늘을, 'ㅡ'는 땅을, 'ㅣ'는 사람을 본뜬 것이다. 따라서 이것이 조합된 글자 '오'는 원방각과 함께 또 다른 천지인의 표현이 될 수 있다. 물론 이 안에 음양오행의 원리도 표현되어 있지만, 음양오행의 사상은 천지인 다음에 이어받은 사상이다.

해례가 누구에 의해 작성되었던 간에, 아마 근대조선의 세종대왕은 중국의 세력과 사상으로부터 자유로울 수 없는 상황에서 민족의 근원을 되물으며 훈민정음을 창제했음이 틀림없다. 『한단고기』의 「소도경전」에서도 천지인을 원방각(圓方角)으로도 표현한다. "원은 1이 되어 무극(無極)이고, 방은 2가 되어 반극(反極)이며 각은 3이 되어 태극(太極)이라." 그렇다면 천지인은 과연 어떤 의미의 조합을 가지고 있을까?

천지인은 흔히 삼재(三才)라고 표현된다. 삼재는 첫째, 물, 불 바람에 의해서 재앙을 받게 된다는 의미, 둘째, 천지인을 가리키는 삼극(三極), 삼령(三靈), 삼의(三儀), 삼원(三元)의 의미인데 우리가 말하고자 하는 것은 후자의 것이다. 3은 우리 민족의 고유의 수이자, 우리 민족이 가장 좋아하는 수다. 이에 대해 한국항공대학교 우실하 교수는 3수분화(三數分化)의 세계관을 '동북아시아의 모태문화' 라고 이야기하고 있다.

이 3은 나아가 한인, 한웅, 단군을 의미하며, 생활문화 속에 천지인과 관련해 숨어 있는 말들과 연결된다.

이를테면 삼신할매, 삼신당, 삼신상, 삼태극, 삼지창, 삼족오 외에 세마치, 만세삼창, 초가삼간, 33인, 시묘 살이 3년, 서당 개 3년, 삼채, 삼시세판, 삼중(탯줄), 삼칠일, 삼발이, 셋째 딸, 삼년상(삼일장), 삼장(된장, 고추장, 간장), 삼삼오오, 삼월삼짇날, 삼정승, 삼천궁녀, 삼천리 금수강산, 삼태기, 삼합 등이다.

불교에서도 우리 민족 사상을 받아들여 삼신당을 지었다는 이야기가 있는데, 이는 삼신의 의미가 수천 년간 우리들 일상에 작용해 왔음을 보여준다.

『천부경』에 나타나는 기(氣) 철학과 홍익사상

이번에는 '대기합육생칠팔구충(大氣合六生七八九夷)' 부분에서 등장하는 '氣'를 보자. 『한단고기』에는 '三'으로 되어 있지만, 최근 이것은 『농은 유집』의 갑골문 『천부경』 연구 결과 '氣'로 밝혀졌다. 기는 전통적으로 우리 일상에서 아주 소중한 사상으로서, 우선 '기학'으로 저명한 혜강 최한기 선생(1803~1875)을 떠올려볼 수 있다. 19세기 말 철학자이자 사상가로서 생전 100여 권의 저술을 남긴 그는 신구학을 넘나들며 자신의 학문과 논지를 펼쳤다.

그가 저술한 『기학』은 '천하기화(天下氣化)'로서의 '천지기화(天地氣化)', '천기운화(天氣運化)', '인기운화(人氣運化)' 등이며 그는 모든 만물이 이 기로 이루어지고 사라진다고 설명한다.

특히 천기운화와 인기운화를 천인운화, 즉 대동(大同)이라 했고 "운화기로서 신(神)이란 곧 운화의 능함, 이 기의 영(靈)이란 곧 운화의 밝음"이라고 하며 종교 이상의 위상을 표현한 바 있다.

사실 이것은 학적인 설명이라 어렵게 느껴지지만, 우리 일상에서도 이 기와 관련된 용어는 얼마든지 있다.

예를 들어 연예인들에게는 꼭 필요한 것이 인기(人氣)다. 말이 안 통하면 "기가 막힌다", 정신을 잃으면 "기절했다"고 하는 말도 마찬가지다. 이외에도 기풍, 원기, 기운생동, 천기누설, 기진맥진, '기(끼)가 많다'는 말, 기상, 기색, 기세, 공기 등 많은 것들이 이 기와 관련되어 있다.

이밖에도 만왕만래(萬往萬來)에서의 어우러짐도 기와 관련이 있는가 하면, 인중천지일(人中天地一)은 우주와 종교 등 모든 것이 사람의 마음속에 있음을 보여준다. 더군다나 용변부동본 본심본태양 앙명인중천지일(用變不動本 本心本太陽 昻明人中天地一)에서는 우주를 상징하는 삼족오, 숫대, 봉황 등으로 표현되는 태양의 흔적이 보인다.

마찬가지로 홍익인간 사상도 이 경서들에서 찾아볼 수 있다. 『한단고기』 「삼성기편」을 보면 "한국의 말기에 안파견이 밑으로 삼위와 태백을 내려다보시며 모두가 가히 홍익인간 할 곳이로다"라는 부분이 있는데, 『천부경』의 인중천지일의 "사람 안에 하늘과 땅이 있어 셋이 일체를 이룬다"는 부분도 홍익인간과 연결되는 부분으로 해석된다. 이는 인간이 하늘과 땅의 원리를 수련해 내면의 본성을 밝혀 서로 이롭게 살 수 있다는 의미로, 결국 우리의 상고사 철학은 세계평화와 자유평등과도 일맥상통한다.

다시 말해 『천부경』은 우주관과 천지인, 기 철학, 홍익사상 등 우리 민족의 다양한 행동과 사상의 뿌리를 수렴하는 민족의 경서이자, 우리 민족의 특수성을 보전하는 동시에 세계평화라는 보편적 사상을 발현할 수 있는 정신적 근원이다.

앞으로 역사를 바로잡음과 동시에 『천부경』과 관련된 경서의 통일된 해석이 중요한 것도 바로 그런 이유에서이다.

3

한(桓, 韓) 철학 이해하기

회색지대를 바라보는 조화로운 정신

『천부경』을 우리나라의 얼굴과 같은 경서라고 한다면, 『천부경』을 설명하는 철학적 갈래들도 다양할 수밖에 없다. 물론 철학이라는 말은 동양에서는 사용된 흔적이 없다. 그러나 이 철학은 사상에서 한층 나아가 세상 이치와 근본에 대한 체계적 학문과 이론, 삶의 본질이나 문화적, 사상적 관습에 의해 유지된 생각들을 통틀어 표현한 것으로 우리의 사고 체계를 설명하는 데도 더 없이 적절하다. 그리고 위에서 언급한 『천부경』은 바로 '한 철학' 또는 '한 사상'의 중요한 근본이다. 그렇다면 어째서 이런 철학들을 되짚어봐야 하는 걸까?

대부분의 사람들은 철학이라는 말 자체를 낯설어 한다. 하지만 사실상 철학은 우리 삶과 가장 밀접한 것이다. 자기주관이나 인생관, 또는 자기철학이 없이 산다는 것은 동물적 감성으로 살아가는 것과 별 다를 바가 없기 때문이다.

다시 말해 사람에게 철학은 밥을 먹거나 노래하는 것처럼 우리가 어릴 때부터 주변에 항상 존재해왔던 것이다. 하나의 민족도 그 민족의 철학이 없다면 현실에 얽매여 단순히 하루하루를 살아가는 동물적 집단과 다르지 않다.

그렇다면 우리의 한국에는 누구나 공감할 수 있는 한국의 철학이 과연 존재할까?

한 철학은 하나요, 전체를 의미한다. '한'을 다른 말로 이야기하면 "하나요, 둘이며, 셋인 조화이다." 사람들은 대부분 흑도 백도 아닌 회색이라고 말하면 거부감부터 갖는다. 얽혀 살다 보면 맺고 끊는 일을 확실히 해야 할 때가 많기 때문이다. 하지만 이는 사회적 일처리와 관계의 문제일 뿐 세상사 대부분은 '키가 크다', '식물이 성장한다' 처럼 완전한 수치로 정립하기 힘든 부분이 존재한다.

사실 '명확히 한다'는 기준도 어디까지나 우리 생각의 기준이며, 정확한 수치조차 그 사이에는 또 다른 숫자가 얼마든지 존재한다. 따라서 이는 평소의 조화로운 기준과 약속이 얼마나 중요한지를 보여준다.

예를 들어 서양의 양단논법이나 중국의 음양사상 등은 조화력이 부족하다. 현시대의 혁명이라 일컬어지는 '디지털 문화'도 0과 1의 소산인 양단 논리다.

그러나 생각해보자. 0과 1사이에는 무수한 수와 진법과 방정식과 수리 함수와 변수가 존재한다. 그것이 이른바 회색이며 조화다. 다시 말해 현대사회에서 우유부단함으로 일컬어지는 회색도 어떤 면에서는 충분히 긍정적일 수 있다.

실제로 이 회색 영역을 잘 활용하는 일은 사회적 구성원들의 집단적 지혜를 높이는 일이다. 이는 평상시 중간의 길을 풍부하게 생각하고 대비하는 일로서 오히려 이것이 확실성을 높이는 일종의 완충지대가 된다. 집단의 이 같은 지혜는 나라를 조화롭게 만드는 기반이 되며, 평화로운 세계와 오염되지 않은 우주의 질서를 알 수 있게 된다.

'한' 의 역사적 배경은 한인 시대(桓因時代)부터 시작된다. 첫 등장은 국가 이름으로 나타나는데 『한단고기』에서는 "우리 한(桓)의 건국은 세상에서 가장 오랜 옛날" 이라 했으며, 일연의 『삼국유사』에도 "옛날에 한국(桓國)이 있었다"는 글귀가 있다. 또한 주나라 초기의 역사서인 『시경(詩經)』, 『삼국지』 등에서도 고조선 왕족의 성이 한(韓)씨였다고 밝힌다.

또한 조선 말엽 나라 이름을 '대한제국' 으로 바꾼 것도 바로 이 고대국가 한의 정통성을 살리기 위함이었다. 단재 신채호는 『조선상고사』에서 한은 왕을 의미하며 고대의 삼한(三韓)은 남한의 삼한이 아닌, 조선을 나누어 통치한 세 사람의 영토를 의미한다고 밝혔다. 즉 「한」은 우리의 국가이며 민족이자 한(桓)이며, 곧 한(韓)이다.

‘한’은 숫자로 풀이하면 하나를 뜻하지만, 동시에 전체를 의미한다. 전체는 ‘크다’는 의미를 내포하며, 하늘을 뜻한다. 『한단고기』[5]에서의 한은 삼한(三韓)에서 출발하는데 이 삼한은 한반도에서의 삼한과는 달리 ‘한웅’ 시대의 한, 다시 말해 현 중국과 러시아의 세력권(태백산)을 포함하는 세 임금 즉, 진(辰), 번(番), 막한(莫韓)을 의미한다.

또한 “하늘로부터의 밝음을 한(桓)이라 하고, 땅으로부터의 광명을 단(檀)이라 한다”[6]에서처럼 한은 구한(九桓)을 의미하며 ‘크다’이다. 다음은 ‘한’이라는 단어의 뜻을 정리한 것으로 그 속성은 무한하다.

① 옛 환 ② 간(干)의 원말 ③ 돌궐, 몽고, 족속들의 임금을 일컫는 말 ④ 대한민국의 준말 ⑤ 하나 ⑥ 많은, 뭇, 모든, 여러, 일체, 전체 ⑦ 큰, 바른 ⑧ 밝다, 태양 ⑨ 오래 참음 ⑩ 처음 ⑪ 희다 ⑫ 높다 ⑬ 같다 ⑭ 하늘 ⑮ 길다 ⑯ 으뜸 ⑰ 위 ⑱ 온전하다 ⑲ 포용 ⑳ 통일 등이다.[7]

「한 철학」에 대해서는 30여 편의 서적이 있고, 사상에 관한 논문은 100여 편으로 알려져 있다.[8] 하지만 이 중에 많은 것들이 정사(正史)로 인정받지 못한 채 자료도 체계화되어 있지 않다.

---

5) 임승국, 『한단고기』, (서울 : 정신세계사, 1987), 37쪽.
6) 임승국, 앞의 책 184쪽.
7) 김상일, 『한철학』, 앞의 책, 22-25쪽.
8) 이근철, 『한사상과 문화』, (서울 : 도서출판 엠-애드, 2004) 39쪽.

‘한’ 의 역사는 한민족의 역사로서 1만년을 넘는다. 천부인(북, 칼, 거울)의 사용이나 고대 유적에서 알 수 있듯이 그 무렵 한민족은 이미 청동 거울이나 청동 칼을 사용하여 뛰어난 문화를 형성했다.

특히 『천부경』과 삼일신고로 철학적 삶을 영위했다는 사실 또한 감탄할 만하다.

비록 이것이 역사적 사실 증명까지 이어지는 데 시간이 걸린다 해도 그 기록만으로도 충분히 감동적인 일인 것이다.

다시 말해 ‘한 철학’ 은 『천부경』과 『삼일신고』를 바탕으로 이후 발생한 사상이나 사고의 줄기로서 우리 민족의 중요한 생각 문화 이자 사고의 판단 기초였던 셈이다.

우리 민족의 일상에 스며든 한 철학

그렇다면 한 철학의 실체는 무엇으로 정리할 수 있는가? 김상일 교수는 “철학이란 삶의 경험이며 삶의 경험은 역사로 축적되고 축 적된 역사는 상징과 신화 같은 것으로 표현되며, 가장 핵이 되는 내 용은 집약된 언어로 표현되는데 이를 「문화목록어」라 하며, 한국 인의 문화목록어는 「한」이며 「한」을 원형으로 하여 「알」,「감」, 「닥」,「밝」같은 언어가 조형(祖型)으로서 우리 민족문화를 규정할 수 있는 언어들이다”라고 하였다.

이 같은 어원들은 공공족(共工族), 우주(칠성과 뱀과 亞), 태양과 소 (우두머리), 돼지와 용(구렁이), 천산(부주산), 곰과 용, 고깔 등 매우 다양하게 발견된다. 또한 이근철 교수도 "「한」은 신과 세계, 물질과 정신, 현상과 사물 등의 대립을 근본적으로 보지 않고, 이들을 하나의 근본 원리의 단순한 변용"이라고 정의했다. 결국 '한'은 하나에서 출발해 다시 그곳으로 돌아가는 끊임없이 변화하는 개별적 사물들의 근본인 것이다.[9]

한뫼 안호상 선생도 "한얼사상이 곧 삼신사상이요, 한얼숭배가 곧 삼신숭배요, 또 한얼신앙이 곧 삼신사상이다"라고 하여 천지인을 한얼로 보았다.

결국 '한 철학'은 만물과 사상의 생성은 시작도 없고 끝도 없는 기(氣)의 상태로 흐르고, 이것이 다시 하나가 되고 모두를 포함하는 사상으로서 천지인의 삼사상(三思想)과 함께 발전한 것이다. 그리고 『천부경』은 이를 대표적으로 표현한 것이다.

그렇다면 지금부터 우리 민족이 사용했던 용어 속에 파고든 한 철학의 관점을 파악해보도록 하자.

- 공공족

우리 민족은 스스로를 천손(천인)이라 칭하고, 삼족오, 칠성, 천상지도, 천마(天馬), 천제(天祭)와 같은 유적과 문화를 남겼다.

한민족(韓民族)은 한인시대와 구한(九桓) 또는 단군의 삼한(三韓)[10]에 근거한 이름, 배달민족은 '한웅의 나라인 배달국(倍達國)',

---

9) 이근철, 앞의 책, 35쪽.
10) 처음의 구한(구이)이 삼한으로 되는데, 삼성기에서는 기원전 2-300년의 중국의 한나라와 싸우던 진한, 마한, 번한으로 남한이 아닌 현재의 중국 땅을 의미한다.

'밝 땅의 겨레'가[11] 어원이며, 부여의 기마 수렵 민족의 전통을 이은 기마민족이라고도 불린다. 또한 흰 옷에서 한(桓)인 '밝(배달) 사상'을 끄집어내는 백의민족이며, 중국의 사서에는 한국(桓國)에서 갈라진 '구이(九夷)' 또는 '구려(九黎)'를 가리켜 '동이(東夷)'라 칭했다.

조선(朝鮮)이라는 이름도 마찬가지로 위 민족의 우주 생명관이 반영된 명칭이다. 조(朝, 아침 조)에서는 생명의 탄생과 그 생명을 관할하는 권리를 가진 천자 혹은 왕(단군)의 존재를 찾아볼 수 있고, 선(鮮, 고울 선)에는 생명의 에너지 원천인 태양과 생명의 상징인 물고기가 결합되어 있다. 즉 조선은 단순하게는 신선한 아침에 생명의 태양이 강, 혹은 바다 위로 떠오르는 것을 의미하는 동시에, 관념적으로는 생명의 태양이 생명의 강물 위로 떠오르며 생명을 낳는 영원한 공간이다.

나아가 정형진 씨는 우리 민족의 대표 이름을 동이족이라 하고 민족의 이동에서 그 이름을 확대 연구한 바 있다. 여기서 언급하는 우리의 뿌리는 세 갈래인데, 하나는 부여족 또는 신라의 왕족으로 보이는 흑해의 '프리기아'에서 출발한 종족(이후 몽골리언과 혼혈된 시카족), 두 번째는 '수시아나'에서 출발한 환웅 세력, 세 번째는 세석기와 빗살무늬토기 문화를 가진 북방 초원 민족이다.

이들은 현 중국의 동북 지역에서 혼혈되어 천산을 넘고 '앙소문화'를 건설하면서 웅녀의 고향이라고 알려진 홍산문화와 결합하

---

11) 한인나라는 한국(桓國,) 단군의 나라는 조선, 하늘로부터의 밝음은 한(桓).

여 한민족에 이른다.

또한 중국의 사마천에 의하면 전설 시대의 오제인 황제, 전욱, 제곡, 요, 순이 투쟁을 벌였고, 그 과정에서 염제, 치우, 태호, 소호와 요임금 등이 밀려났는데, 여기서의 공공족과 치우는 한민족과 관련이 있는 것으로 보인다.

또한 염제와 황제도 대립 관계 이후 황제와 밀접한 관계를 맺은 탓에 중국 인물로 보는 시선이 많지만, 염제의 경우 고구려 벽화에도 등장하고 조선까지 우리 문화에 영향을 끼친 인물로서 우리 민족으로 보는 견해도 있다.

이 수시아나의 공공족은 중국의 황제가 중원을 차지하기 전에 중원을 지배했다가 천산을 넘어 오면서 돈황이라는 곳에 '앙소채도문화'[12]를 일구었고, 이후 황제가 중원으로 옮긴 뒤인 요임금 말년에 유릉(幽陵)으로 밀렸으며, 한성현과 고안현에 현재의 이름인 한국(韓國)을 만들었다. 따라서 한민족은 천산을 넘어오면서 형성된 다종족으로 구성되어 있었다.[13]

이들은 분명히 서로 융합하거나 대립 관계를 동시에 형성했을 것이 분명하다. 특히 중국과 한민족은 예전부터 상호간에 많은 문화를 교류한 만큼 완전히 다른 민족이라고 보기 어렵다. 그런가 하면 일본도 가야와 백제의 문화가 많이 건너간 나라로 알려져 있다. 결국 중국, 한국, 일본은 같은 문화권에 있는 형제 국가인 셈이며, 이런 관점에서 보면 서로가 이웃일 수밖에 없는 만큼 상호간에 미

---

12) 중국의 문화라고 알려져 있지만 정형진 씨는 천산을 넘어 온 한민족과 관련이 있다고 했다.
13) 정형진, 앞의 책.

위하기보다는 서로 아껴주는 것이 옳다.

또한 우리가 장차 동북아의 중심 국가로서 세계와 교류하려면 먼저 우리 문화의 정체성을 정리하고 세계 평화를 지향하는 정신 문화적, 문화산업적 접근 방법을 기획해야 한다.

다시 말해 역사의 정리에 심혈을 기울이고 각국의 연구가들이 상호 인정할 수 있는 공동 조사나, 그 역사를 중심으로 각국이 상호 발전할 수 있는 대안을 찾는 것이 진정한 외교 능력이 될 것이다.

또한 역사를 넘어 그 역사에서 숨어 있는 정신을 세계 보편화하는 것도 중요하다. 어쩌면 세계인의 원뿌리는 하나일지도 모르기 때문이다.

- 고깔

국어사전에서는 고깔은 승려나 무속인 또는 풍물 연주자들이 쓰는 위가 뾰족하게 생긴 모자다. 한국 고대사를 보면 부여족의 뿌리인 프리기아인들과 신라 왕족과 혈맥이 닿아 있는 시카족들이 이 고깔을 썼는데, 가장 오래 고깔을 쓴 집단은 무속인들이다.

그들의 최고신 칠성님도 고깔을 쓰며, 한민족의 주요 지배자들도 거의 고깔을 썼다.[14]

박선희 교수의 글에서도 역시 고깔을 찾아볼 수 잇다. 한민족은 원래 고깔 형태의 변(弁)을 썼는데 신라의 토우와 백제의 토기에서도 고깔이 발견되고, 함북 무산에서 발견된 절풍은 양쪽으로 뾰족

---

14) 정형진, 앞의 책.

이 올라가 있다.

이들은 자작나무 껍질과 새 깃으로 장식한 것으로, 왕관으로 발전했으며[15] 고구려 상류층 여인들이 썼던 '건(巾)' 의 형태로 남기도 했다.

고깔은 하늘에 있는 태양이나 달빛이 땅으로 쏟아지는 생명 에너지를 받고 있는 존귀함을 의미한다.

실제로 고깔을 쓴 이들은 한민족 원형문화의 주인공들이며, 이 고깔은 뱀과 삼각형 그리고 빛살이 내리쏘는 모습과 관련이 있다.[16]

이는 상투를 고집했던 우리 민족의 원뿌리와도 일맥상통한다. 또한 흰옷에 고깔모자를 쓴 제석(祭席)은 어쩌면 하늘의 뜻을 이어가는 우리 민족의 처음 모습일지도 모른다.

- 알

한국의 얼은 무엇인지 역시 몇 가지를 통해 명확하게 정의할 수 있다. 얼은 알에서 그 기원을 찾고 있는데, 한강의 옛 이름인 '아리수', 신라 경주의 알천(閼川), 알영(閼英), 백제의 어라(於羅), 위례(尉禮), 수메르의 '우르(UR)'도 모두 알의 의미를 내포한 지명이다.

'크다'를 의미하는 아름드리, 으뜸을 의미하는 엄지, 어금니의 엄, 어른, 이슬람교의 알라(Allah), 히브리인의 지고신 엘(EL)도 모두 알과 관련이 있다. 그런가 하면 신라의 이알평은 박에서 나오고, 박

---

15) 박선희, 『한국고대복식』, (지식산업사, 2002), 226-233쪽.
16) 정형진, 앞의 책.

혁거세, 석탈해, 김알지, 고주몽, 김수로왕 등도 모두 알에서 태어났다. 알에서 둥근 우주, 또는 뱀이 자기 꼬리를 무는 모습으로도 표현된다.[17]

경주 남산에 있는 게눈바위는 알 터 신단으로 뱀이 알을 품은 형상이다. 박혁거세의 능은 사릉(蛇陵)이라고 불린다. 전북 장수 지역 태백산에는 갈꽃이 피는 최고의 명당 갈번지(葛蟠地)가 있는데, 이는 큰 구렁이가 나무 아래에 서리어 있는 형상이다. 갈번지의 이름에는 칡의 의미가 포함되어 있는데 칡과 구렁이는 동일한 것으로, 큰 뱀은 풍요, 왕권 확대, 태양신 등을 의미한다.[18]

또한 아름은 둘레의 크기와 조화로운 '우리'를 의미하며 나아가 '크다'로 발전한다.[19] 또한 '알', '씨알', '알맹이' 같은 개별 주체를 의미하기도 한다.[20]

또한 이 개체와 전체가 조화를 이루어 싹을 틔우는 것을 '아름답다'고 한다. 즉 '얼'은 '알'이 생물학적 기원에서 철학적 개념으로 승화된 것이다.

그렇다면 알은 어떻게 깨어나는가? 알은 어둠 속에서도 빛을 간직한 것으로 창조적인 힘을 내포한다. 이것은 기(氣)와도 일맥상통하는데 유대교와 기독교, 프로이드도 이 힘을 이해하지 못했다.

유일신을 모시는 종교에서는 기(氣)를 백안시한다. 이에 비해 동

---

17) 김상일, 『한밝문명론』, (지식산업사,. 1988).
18) 정형진, 앞의 책, 392쪽.
19) 『광주 천자문』에서는 덕, 인, 의를 '큰 德', '클 仁', '클 義'로 새기고 있고, 『석봉 천자문』에는
    '큰 德', '클 仁', '올? 義'로 새기고 있다.
20) 최봉영, 『한국인에게 아름다움은 무엇인가?』, 『정신문화연구』, 2008 겨울호 제31권 제4호.
    (통권 113호).196-198쪽.

양에서는 기(氣), 도(道), 천(天) 같은 것을 기억함으로써 기가 가진 힘을 유지해왔다.

나아가 서양의 사고는 이원론(dualism)을 기반으로 한다. 중국의 음양설도 마찬가지다.[21]

수리논리학은 전통적으로 절대적인 실체로서의 시원점과 나머지 상대적인 사물을 다루는 2차 논리학을 바탕으로 변증(both/and)과 선택(either/or)의 구조로 이루어진다. 현대의 수리 논리학이 이를 보완하기 위하여 이중부정(neither/nor)의 다치 논리학적 방법을 택한 것은 어찌 보면 당연한 선택이라 할 수 있다.

반면 한 철학은 이미 이중부정을 통해 무(武)와 문(文), 하나와 많음, 음과 양을 서로 나누지 않고 다 겸비한 종합적 사고를 전개해왔다. 나아가 '알' 은 혼돈에서 깨어나는 의식의 성숙을 의미한다. 육당 최남선은 우리나라는 물론 몽고, 이슬람교, 이집트인, 히브리인, 수메르도 알과 관계되어 있으며 이 알의 시원을 우리 민족으로 보았다.[22]

알은 태양이자 우주이며 둥글다. 둥근 것은 양단으로 구별되지 않으니 시작도 끝도 구분할 수 없다. 그것은 조화다. 우리 민족은 이처럼 조화로운 사상의 태동을 정확히 파악하고 있었다.

---

21) 김상일 교수는 중국의 음양설은 '한 사상' 이 주역의 기초가 되어 가능케 했다고 했다. 이을호 교수도 "음양설은 후에 오행설과 결부되어 음양오행설로 물함으로써 기형아적인 사상으로 변질되고 말았다"고 지적 하였다. 즉 음양설은 한사상에서 영향을 받았으나 중국적인 풍토에서 중국적이 되었고 비 '한' 적으로 되었다고 한다.
22) 김상일, 『한밝문명론』, (지식산업사, 1988).

- 곰

　신라, 고려, 조선 시대까지 벼슬의 의미로 사용된 감은 곰을 의미하는데, 지금껏 곰은 주로 단군신화와 관련되어 인식되었다. 하지만 정확히 말하면 웅족을 의미하며, 웅족의 상징인 곰은 숭배의 대상이었다.

　우하량의 홍산문화 지역에서는 곰을 제사물로 사용한 흔적인 뼈가 발견되었고, 홍산문화권에 속하는 소하연문화(小河沿文化)에서도 흙에 채색한 곰과 곰 모양의 돌조각 신상(神像)이 발견되었다.[23] 즉 구렁이나 뱀과 함께 남아 있는 곰의 흔적은 앙소문화와 홍산문화가 섞여 발전한 과정을 보여준다. 우리 조상들은 뱀을 통해 태양과 생명력을 얻고 이를 곰과 합해 홍산문화를 창조한 것이다.

　'한' 은 깨어나 밖으로 나오면서 인간과 짐승의 이원적 모습을 갖추었다. 대표적인 것이 희랍 신화에 나오는 타이폰이다. 타이폰의 얼굴은 사람, 날개는 독수리, 하체는 뱀이다. 이런 존재들은 하나가 여럿으로 혼동되어 나타나는 등 마술적 모습을 가지고 언어와 논리적 사고 과정을 거치지 못한 채 100만 년 이전 구석기 시대를 지배하는 샤머니즘 속에 발현되었으며, 나아가 우리의 곰의 역사와 비유되기도 한다. 다시 말해 '감' 은 '곰' 의 시대를, '한' 은 알에서 깨어난 상태를 뜻한다. '한' 은 어둠에서 밝음으로, 여성적인 것에서 남성적인 것으로 나아간 역사이자, 땅이 하늘에게 정복된 역사다. 여기서 여성적인 것은 웅녀이며 남성적인 것은 한웅이다.

---

23) 정형진, 앞의 책, 150-158쪽.

　단군 조선은 시베리아 지역에서 활동했던 만큼 이 지역에는 곰 사상이 넓게 퍼져 있다. 이 지역에서는 우두머리를 '감' 이라 했고, 웅산, 웅조, 웅산신당 같은 곰을 숭배한 흔적도 있다. 또한 감악섬(산, 골), 임금, 금산, 왕검(王儉)[24], 이사금(尼師今), 영감, 상감, 등도 모두 감을 응용한 표현이다. 하백(河伯) 역시 '고마와 개마' 에서 빌려온 글자이며, 일본인들과 몽고에서는 신을 '가미' 라고 한다. '감고' 라 불리는 거문고[25]의 악기 이름도 마찬가지다.

　감의 세계는 무의식에서 깨어나 어렴풋이 자아를 의식하고 자연을 신으로 여겼던 시기다. 이 무렵 동물과 인간은 거의 동일시되고 추상 아닌 사실로 여겨졌다. 예를 들어 그들이 남긴 그림은 매우 낮은 의식 상태에서 그려졌으나 정확한 사실 파악을 기반으로 한다. 느낌을 통해 자기 넋을 형상화하는 이런 '감' 의 세계는 현대인들조차 완전히 벗어날 수 없다. 우리 또한 때로는 꿈속에서라도 감의 의식 세계를 경험하고 있기 때문이다.[26]

　곰의 시대를 이해하려면 곰의 의미를 동물 아닌 자기의식, 곰족(熊族), 여성, 우두머리로 바라봐야 한다. 최근 들어 자기의식의 활성화와 여성의 활약이 늘어나고 있는 것도, 오래전의 모계사회와 지금의 부계사회 사이의 최적의 균형을 도출해 조합된 세상을 열어가고, 자연을 통한 자기성찰을 중시하라는 하늘의 뜻일지도 모른다.

---

24) 최남선은 이를 '뎅그리 알검' 이라는 순수 우리말에서 전음된 것으로 보았다.
25) 거문고의 감이 '고구려의 국명인 순 우리말' 이라는 설과 '신의 옛말' 이라는 설이 있다.
26) 김상일, 「한밝문명론」, (서울 : (주)지식산업사, 1988).

- 닥

닥은 닭과 새를 의미한다. 아직도 제주도에서는 닭을 닥이라 한다. 닭은 생명의 기원 순차로 보면 물에서 뭍으로 뫼에서 들로 내려온 짐승이다. 인간은 온 세상이 거의 물로 덮여 있던 제4빙하기인 기원전 1만 여년에는 산속에서 곰과 호랑이 같은 길짐승을 토템의 원형으로 여겼을 것이다.

그러다가 들로 내려 온 뒤는 날짐승인 새나 닭이 토템이 되었을 것이다.[27] 이는 우리나라가 전통적으로 곰족 호랑이족과 관계했고 삼족오(봉황)를 상징으로 여겼던 것과도 일치한다. 즉 들로 내려오면서부터는 하늘을 자유롭게 날 수 있는 새를 숭배하면서 자연스레 하늘을 생각하게 된 것이다. 솟대가 아직도 남아 있는 것처럼, 이런 생각은 우리 무의식 속에도 얼마든지 존재한다. 다만 이를 단순히 원시적이거나 구시대적 유물로 여기는 생각이 문제다.

닥은 사람들로 하여금 하늘과 소통하는 신비로운 힘을 일깨워주고 나아가 공동체적 소속 의식을 발현시켰다. 오늘날의 종교 의식과 비슷하다. 농경 정착시대, 모계 씨족사회가 바로 이 시기 생성되었는데, 우리나라 지명 가운데 시림(始林)이나 계림을 보면[28] ‘始’ 와 ‘?’ 는 날짐승과 관계된다. 또한 무속에서는 ‘대감신’ 을 ‘닭감신’ 이라고 하는데, 이런 신을 모시는 산을 ‘닭뫼(德山)’ 라 했고, 일본은 그 신을 ‘다까까미’ 라 부르고 그 신을 모시는 산을 ‘다까야마

---

27) 김상일, 『한밝문명론』, (지식산업사, 1988).
28) 『삼국유사』의 “박혁거세가 태양의 우물인 계정에서 태어나니 국호를 계림이라 하였다” 에서
    박혁거세는 태양 새인 닭이 낳은 알에서 탄생했다고 볼 수 있다.

(高山)'라 불렀다.

10만 년 전 인간은 음식을 구하기 위해 베링해협과 천산산맥을 넘나들었다. 즉 이 시대에는 대이동이 불가피했다. 이것을 보면 수메르 문명과 인디언이 우리와 관련이 깊다는 것도 이해가 간다. 그러다 1~2만 년여 전부터 비옥한 곳에 머물러 살기를 시작했는데, 이들은 이동 중에 공동체와 계급 구조를 형성하고, 죽음의 부정과 자아의식 등을 표출하기 시작한다. 거석문화(또는 석묘문화)에서 '울타리'와 '우리'라는 의식, 나아가 현재만 보지 않고 미래를 내다보는 추상적 의식이 생겨나면서, 언어를 문자로 사용하고 기억을 통한 자아의식과 문화가 생성되었다.[29]

이처럼 태양의 정기로 화한 뱀, 구렁이와 태양 새인 까마귀와 삼족오, 닭은 한민족 문화의 중요한 두 축이다. 닭 시대는 '알음알이', 즉 '앎'의 시대다. 미래는 과거에 해답이 있다는 것을, 그것도 제대로 알아야 한다는 것을 알음알음 알아가는 시대인 것이다.

고구려, 신라 사람들은 새깃을 머리에 꽂는 걸 즐겼고 여기에 금과 은을 장식하기도 했다. 인도에서는 신라 사람들을 계귀(鷄貴)의 나라라고도 하였다.[30] 나아가 읍루족은 사내가 여인의 머리에 새의 깃을 꽂아주며 구애하는 풍습이 있었다. 앞으로 기회가 된다면 연인들의 기념일에 꿩털이나 새깃을 머리에 꽂아주는 관습을 이어가보는 것은 어떨까?

---

29) 김상일, 앞의 책.
30) 이규태, 『민속한국사 I 』, (현음사, 1983), 21쪽. 계귀는 '쿠크타스빌라'를 의역한 것으로 '쿠크타'는 닭이란 뜻이고, '스빌라'는 귀하다는 뜻이다.

- 밝

밝은 배달, 붉, 백, 박을 의미한다. 의식이 밝아지면서 문명을 이룬 시기를 의미한다. 『부도지』에서는 우리 역사를 '마고', 즉 여성에서 시작되었다고 기록한다. 마고는 배우자 없이 궁희와 소희를 낳았는데, 밝 시대에서는 농사를 지으며 공동체가 생기고 여성의 역사가 남성의 역사로 변하기 시작한다. 이전까지는 남성은 단순히 씨를 얻을 수 있는 존재였지만 청동기의 사용과 농작물의 경작 등으로 결속력과 영토의 필요성 등이 부각되고, 자아와 문화, 질서의 등장으로 인해 그 위상이 변한 것이다.

또한 장수 지역의 깃발과 풍물이 어우러져 절을 하는 놀이인 깃절놀이에는 "폐동(閉東)서 귀동(歸東)으로 전하러 왔습니다"라는 말이 있다. 여기에서 동은 밝이며, 풍물은 하늘과의 조화를 이루기 위한 움직임이다. 깃절놀이의 기도 '곰과 범을 그린 기'라고 풀이된다. 우연보다 필연이 강하게 느껴지는 부분이다.

백두산은[31] '밝머리뫼'이다.[32] 태양, 삼족오, 봉황, 솟대는 한결같이 밝 문화를 설명하는 말이다. 우리 문화의 시원인 홍산문화는 붉산이며, 밝산이고 아사달이다.

우리 민족이 이처럼 밝 시기를 보낼 무렵, 서양 문화는 정복의 문화였다. 희랍의 제우스는 대지의 신인 타이폰을 살해하고, 바빌론의 남성신인 말둑(Marduk)은 여성신인 티아맛(Timat)을 죽이고, 히

---

31) 태백산, 백두산, 장백산, 불함산, 소백산, 박고개, 박달재, 백봉령, 백화산, 백양산, 동백산, 백운대, 백마강 등은 모두가 밝이다.
32) 김상일, 앞의 책.

브리의 엘로힘은 레비아단을 치고 등장했다. 그 밖의 세계 도처에서 기원전 2~3천년을 전후하여 남성 신이 하늘에서 내려온다.

마찬가지로 한의 역사도 하늘에서 내려오지만, 정복이나 살해는 없었다. 단군도 굴 속에서 고통을 겪었지만 누군가를 해하지는 않는다.[33] 한의 밝이 홍익인간을 뜻함을 잘 알 수 있는 부분이다. 미국식 문화는 개척의 문화, 정복의 문화다. 이것이 최근에는 수단을 가리지 않고 이익만 추구하는 '신자본주의'로 발전했다. 이 부럽지 않은 부분을 사회 전체가 추종한다. 그러나 한의 문화는 조화와 상생으로 더 발전하는 문화다.

물론 당장은 저 힘 센 자들을 당해내지 못할 수도 있다. 그러나 나를 온전히 하고, 외부 조건을 수용하는 운용, 즉 조화를 이루면 나중에는 그보다 훨씬 강한 힘을 얻어낼 수 있다.

2002년 우리 축구나 2009년 3월 WBC에 출전한 한국 야구를 보자. 부족함 속에서도 상대와 자신을 파악하는 기계적인 분석 능력도 중요하다. 하지만 이기겠다는 자신감, 단결력, 통솔력, 믿음 등의 기운생동(氣運生動)은 더 강하다. 이 밝의 기운이 거세지만 승패와 상관없이 서로를 존중하게 되는 운동 정신의 가치를 발현시킨다. 이것이 진정한 저력이다.

---

33) 김상일, 앞의 책.

2장

한국인으로 산다는 것

1

세계 속에서 바라보면 미래가 열린다

영혼 없는 살찐 돼지가 되지 않으려면

한국인으로서 한국이라는 땅덩이에 산다는 건 어떤 삶일까? 그나마 작은 나라는 분단되어 있고, 외교력도 힘이 부치고, 자원도 부족해 돈 벌기가 쉽지 않고, 돈을 벌자니 우선 베껴 팔기 급급하고, 내일을 위해 기초에 투자하자니 돈이 아깝고, 작은 땅에서 영남이니 호남이니 말도 많고, 수출에 의존해서 살긴 하지만 언제 역수입이 될지 모르고, 사교육비가 눈덩이처럼 불어나면서 아이들 정서는 메말라만 가고, 오직 일류대학만 목표로 삼는 풍토가 팽배해서 부모 허리는 굽고, 천하의 근본이라는 농부들이 사는 농촌은 폐허가 되고, 노인 인구는 늘어나는데 노년은 황폐하기만 하고, 어느 정도 부를 일구긴 했는데 빈부격차는 심해지고, 환경 위험은 늘어만

가고, 어려움이 많은데 정치는 사회를 통합하지 못하고, 이제는 미국을 추종하다보니 우리의 뿌리나 자긍심은 찾기 어렵고….

물론 세끼 먹을 것은 해결되었으니 예전보다 낫다고 하지만, 과연 우리는 먹는 것에만 만족하고 살아갈 수 있을까? 그렇다면 살찐 돼지와 무엇이 다를까?

대부분의 사람들은 눈에 보이지 않는 역사나 문화를 이야기하면 하품부터 한다. 돈도 안 되고, 적당히 활용할 분야도 적기 때문이다. 국사 교과목마저 사라지는 상황에서 별 쓸모없는 일을 고생하며 익힐 필요가 있냐고 말한다. 관심이 있다 해도 복잡한 세상에 신경 쓸 일이 많아 그럴 여유가 없다고도 한다. 이런 말들에 대한 답은 하나다.

'그래도 알아야 한다.'

선조들의 오랜 역사와 문화를 들여다보면 우리 미래를 찾을 수 있다. 옛날과 지금과 미래를 잇는 한국 사회의 바람직한 공동 목표가 바로 이 안에 존재한다. 그럼에도 이전에는 경제적 사정이 급해 그것을 돌아볼 겨를이 없었다. 따라잡기에만 급했고 잘사는 것이 무엇보다 중요했다. 그러는 와중 이제 우리는 선조들이 물려준 많은 것들을 잃어버렸다. 그러면서 우리 존재를 망각하고, 우리 스스로를 잃어버렸다. 지금이라도 뒤를 돌아볼 겨를을 반드시 찾아야 한다.

그러기 전에 한 가지 더 해야 할 일이 있다. 광범위할지 몰라도 비단 우리뿐만 아니라 세계의 문화가 어떤 특성을 갖고 흘러왔는

지부터 살펴봐야 한다. 이 부분을 찬찬히 들여다보면 평소에는 쉽게 느낄 수 없는 커다란 기운과 흐름의 양상을 찾을 수 있다. 그것을 찾으면 그때부터는 우리 존재가 변한다. 살찐 돼지에서 정신과 내면의 힘을 가진 인간으로 말이다.

인류의 거대한 줄기, 문명의 흐름

인류가 만든 가장 오래된 문명은 모두 동양에서 시작된 황하, 메소포타미아, 인더스, 이집트의 4대 문명이다. 이 고대 문명들은 기원전 2~3천 년에 발생했다. 즉 길게 봐도 그 역사가 5~6천년을 넘지 않는 만큼 그 발굴과 증명은 아직도 현재 진행형이다.

그리고 이 동양의 고대문명에 이어 그리스 문화가 발전했다. 그리스 문명은 동양과 서양을 구분하는 기준이 되기도 하는데, 지중해를 기점으로 발전한 그리스 문명은 지금도 민주, 시민, 다수결, 종교 등의 개념 면에서 우리 생활에도 많은 영향을 끼치고 있다.

그리스 문명의 영향을 받은 유럽의 여러 나라는 근대에 들어 획기적인 지구촌의 변화를 주도했다. 바로 산업혁명이다. 영국은 유럽 산업혁명의 시초로서 증기발동기를 무기로 내세워 원자재를 싸게 구입하고 가공품을 비싼 가격에 되팔아 아프리카와 아시아를 점령했다.

19세기 당시 영국의 식민지는 무려 59개 국가나 되었다. 이 와중에 노예시장이 활개를 치면서 이들은 값싼 노동력으로 거대한 식민지를 개척, 아니 수탈했다. 이로써 이들은 수탈의 부를 쌓아올리면서 수 천 년간 자연과 함께 살아온 인간을 자연 파괴자로 만들었다.

미국도 마찬가지다. 이들은 서부 개척이라는 이름하에 원주민이었던 인디언을 무차별 공격하고 말살한 뒤 자신들의 역사를 새롭게 만들었다. 그런 면에서 미국의 역사는 인간을 죽이고 돈으로 사고팔았던 정복의 역사다. 우리는 아메리카를 처음 발견한 콜럼버스를 두고 신대륙을 발견했다고 말한다. 그러나 그곳에는 이미 사람이 살고 있었던 만큼 그것은 발견이 아닌 정복에 불과하다. 이는 우리가 유럽의 정복적 사고를 비판 없이 받아들이고 있음을 여실히 보여준다.

물론 우리가 사는 세상은 정복의 힘이 우월한 세계다. 정복 문화는 예전부터 존재해왔다. 그러나 우리마저 이를 답습해서는 안 된다.

우리에게는 정복하지 않고도 정복할 수 있는 무언가가 있다. 바로 역사와 문화다. 바른 역사 문화의 힘으로 무장한 사회는 도덕과 기초가 튼튼하고 외부 문화도 슬기롭게 흡수ㆍ발전해 나갈 수 있다.

그러나 지금 우리는 지나치게 한쪽으로 기울어 있는 세상에서 살아간다. 그래서 흔들림도 많다. 지금 우리 아이들은 그리스ㆍ로마 신화를 우리 역사보다 많이 읽는다. 이는 민주의식과 다수결의 원칙이라는 순수한 덕목을 배우는 일이 될 수도 있다. 그러나 그리스 신들의 정복과 자본에 지배당하는 그릇된 선진 의식을 더 먼저 배울 위험성도 여전히 존재한다.

이렇듯 물리적 힘이 강한 세계에서 우리는 짧은 세월 빚어낸 그들의 문화를 선진문화라고 말한다. 게다가 그것을 그대로 베껴간다. 미국이라는 나라는 우리에게 커다란 영향력을 행사한다. 오죽하면 '대한미국' 이라는 말까지 나왔을까?

최근 우리 정부는 2012년부터 미국형 도로명 주소를 우리나라에서도 일제히 적용하겠다고 발표했다. 교육에도 미국형 '밀리터리 스쿨' 제도 도입을 계획하고 있다. 물론 미국형 제도가 무조건 나쁜 건 아니다. 문제는 그 안에 얼마나 한국적 사고와 정신을 잘 담아 적용하는가이다. 또한 얼마나 현명하게 그 제도를 미래지향적이되 우리를 기준으로 해서 잘 적용하는가다. 즉 무조건적인 추종이 아닌 우리의 것을 뿌리 삼아 더 나은 방향을 찾아야 한다.

동쪽과 서쪽의 균형은 없는가?

서양과 동양이라는 말이 어디에서 출발했는지는 정확하지 않지만, 문명의 발전 흐름을 보면 그리스 문명에서 발생했다는 주장이 설득력이 있다. 우리는 1970년대 '공업 입국의 선봉' , '새마을 운동' 이라는 구호 아래 도시화를 향한 거침없는 출항을 시도하면서 서양 문화를 일방적으로 추종했다.

덕분에 30년이라는 짧은 기간에 눈부신 성장을 거두면서 보릿고

개도 탈출하고 웬만한 학력이면 성공을 향한 의지도 불태울 수 있
게 되었다.

동양은 전통적으로 강한 정신문화를 갖추고 너른 우주관하에 친
자연적으로 살아왔다. 또한 철학적 사고가 발달해 마음의 눈으로
세상을 보려고 한다.

반대로 서양은 현실적 눈으로 세상을 바라보는 사고가 발달했
다. 이들은 합리적이며 개척 또는 정복정신이 강하고 논리적이다.
무언가 쓰임 있는 물건을 만들기에는 아주 적합한 문화다.

동양이 철학적 사고에 강한 이유는 종교에서 찾을 수 있다. 동양
의 종교는 애초에 신이 없었다. 불교의 창시자는 고타마 싯다르타,
유교는 공자며, 천도교는 최제우다. 즉 동양 종교의 처음은 신이 아
닌 사람이다.

흔히 한국의 가장 오래된 종교를 무속에서 찾지만, 대부분은 자
기를 희생해 선(仙)을 수행한 이후에 비로소 자격을 갖출 수 있다고
보았던 '수두교'에 대해서는 아는 바가 없다.

수두는 선(仙, 僊), 풍류, 신단, 신시(神市), 금줄 등의 의미를 포함
하며, 무속은 이 수두 활동의 민속적 흐름으로 봐야 한다. 또한 선
이건 수두건 외적 물질이 아닌 사고와 철학에서 출발된 것이다.

우리는 서양 문화를 받아들이며 생활의 편리함을 얻었다. 그러
나 지나치게 물질을 추종하면서 환경오염, 도덕성 상실, 정 없는 사
회가 도래했다.

이를 회복하고 자연과 함께 사는 방법은 의외로 단순하다. 정신

문화를 승화시키고 산업문화가 그 뒤를 따르면 된다. 힘을 유지해야 하고, 그 힘의 원천인 자본에 대한 욕심을 버리지 않는 한 쉽지 않은 일이겠지만, 앞으로 조화로운 문화 바다를 항해하는 동방한국을 기대하며 이 바람이 실현되기를 기대해본다.

주변국을 바라보며 내일을 준비하라

최근 우리는 세계화라는 말을 흔하게 사용한다. 그것도 영어를 써서 '글로벌화' 라고 한다. 하지만 과연 그 세계화를 위한 준비가 얼마나 잘 되어 있는지는 의심스러울 때가 많다.

사람이나 국가나, 힘 있는 자는 약한 자를 멸시하게 마련이다. 현재 세계의 초강대국 미국을 보자. 일명 '슈퍼 파워 초일류 국가' 라 불리는 이 나라는 세계최대 석유 소비국이자 세계 1위의 경제 대국이며, 우주과학을 포함한 군사력도 세계 1위다. 또한 우리의 동맹국이기도 하다. 나아가 현재 세계 2위의 경제력을 가진 일본, 세계 3위인 중국과 러시아도 바로 한반도를 중심으로 다양한 분야에서 자신들의 권력과 영향력을 행사하고 있다.[1]

여기서 두려운 것은 이들의 무시무시한 군사력[2]과 숨죽인 움직

---

1) 2004년 미국의 국방예산은 전 세계 총액의 50%이상이며, 예산의 14%(전 세계국방연구개발비 80%)를 첨단무기개발에 투자하고 있다. 이에 따라 2005년 국력지수는 미국 24%, 중국 11%, 인도 6.7%, 일본 6.5%, 독일, 프랑스, 영국, 이탈리아, 러시아 순이다. 이 수치는 향후 20년 정도는 크게 변함이 없을 예정이다./정책기획위원회, 「대한민국의 미래」, (2007 : 비봉출판사)
2) 한국의 상비 병력은 68만 명(세계6위), 중국 235만 명, 미국 150만 명, 북한 117만 명, 러시아 99만 명이다. 스톡홀름 국제평화연구소가 발표한 2006년 미국의 국방비는 5,290억 달러, 영국 592억 달러, 프랑스 531억 달러, 중국이 495억 달러, 일본 437억 달러, 러시아 347억 달러, 한국이 219억 달러로 세계 11위이며 아시아에서는 중국이 1위다.('06년은 이라크 전쟁과 관련이 있다.)

임이다. 현재 일본은 배타적 경제수역(EEZ)을 늘리기 위해 안간힘을 쏟고 있다. 배타적 경제수역은 바다도 땅처럼 국토로 인정하는 국제 규약에 따르는 것으로, 지상에서는 바닥을 드러낸 지하자원이 바다 속에는 무진장 깔려 있다. 나아가 영토 확보와 어획량 확보를 통한 다양한 이익까지 주렁주렁 달려 있다.

최근 일본이 최근 도쿄 남서쪽 해상에서 침대만 한 크기의 암석에 시멘트를 잔뜩 부어 인공 섬을 만들고 어장 개발사업을 추진하는 것도 차후 국제사법재판에서 유리한 결과를 얻기 위해서다. 일본의 본토 면적은 38만㎢이다. 일본이 이 인공섬을 인정받으면 40만㎢의 해양영토를 얻게 된다.

또한 일본은 핵폭탄을 한 달 이내에 만들 수 있는 기술이 있고, 유사시 상선을 항공모함으로 전환할 능력도 있다. 2009년 3월 18일에는 일본 해상자위대가 헬리콥터 18대를 탑재할 수 있는 1만 3,900톤급 구축함을 실전 배치했는데, 이 배는 전장 197m, 폭 33m로 외견상 준 항모로 평가받고 있다. 일본은 병력은 24만 명 정도이지만 군사비 지출은 세계 5위다.

2006년 이라크 전쟁으로 인한 군사비 지출을 포함하면 순위는 더 올라가는데, 이는 세계대전 이후 주로 고급 하사관과 장교를 양성한 덕이다. 한국도 평상시 전쟁에 대비하고 있긴 하지만, 일본의 경우는 우리와 비교할 때 질적인 면에서 훨씬 위협적이다.

차후 2~30년 내에 세계일류국가가 될 가능성이 높다는 중국은 또 어떤가? 이들은 이미 항공모함을 만들고 있으며 세계 최고(最古)

의 역사를 무조건 중국의 것으로 만들고 있다. 항공모함이 뜬다는 것은 웬만한 군사력을 넘어섰음을 뜻한다. 잠수함, 전투기, 이지스함, 전함, 구축함 등을 통해 선제공격이 가능하기 때문이다.

나아가 중국은 2008년 베이징 올림픽에서는 공자를 내세웠는데, 이는 중국이 물질적인 것을 포함해 역사와 정신에서도 진정한 권력자가 되려는 움직임을 보이고 있다는 걸 확증한다.

그리고 이 부분의 외교가 잘못 되면 미국, 일본과 러시아와의 예민한 관련성이나 북한의 변동사항과 맞물려 전쟁으로 이어질 가능성이 높다.

현재 우리 정부는 강대국들 사이에서 살아남기 위해 외교력을 강화하고 자주 국방력을 높이려는 노력을 경주하고 있다. 이외에는 명확한 해결책이 없기 때문이다. 결정적인 전쟁 억제 능력은 핵뿐인 상황에서 현재 한국은 주변국들과 달리 핵이 없다. 일본의 경우는 핵은 없지만 이미 '플루토늄 슈퍼 파워' 를 이룩했다. 핵 때문에 항복한 일본이 핵을 준비하지 않을 리가 있는가?

즉 우리나라는 이제 핵 이상의, 일본이 취하고 있는 방법보다 더 우수한 방법을 고안, 대비해야 한다. 국제적인 반대가 무서워 북한의 비핵화를 무조건 반대할 것이 아니라 북한 스스로 충분히 비핵화를 선언할 수 있는 방법도 충분히 고민해야 한다.

그런 면에서 생각해볼 수 있는 하나의 방법이 있다. 바로 한반도에서 세계적인 조화를 이루어 내는 환경, 능력, 자질을 준비하는 것이다. 전 국민이 한 철학을 생활화하고, 세계가 주목할 수 있는 성숙된 문화의 힘을 기르며, 전파하고, 교류하는 것이다. 전 세계의 문화, 예술, 철학의 이목이 집중되는 곳에서는 국제 분쟁의 위험성이 줄어들기 때문이다. 또한 친환경적 첨단 과학을 위한 자연과 기초학문 연구를 통해 미래를 대비한 잠재적 성장 가능성을 무한히 축적해야 한다.

가장 불리한 것이 가장 유리할 수 있는 것처럼, 미국, 러시아, 일본, 중국 한국은 모두 세계 10위권 내의 국가 경쟁력을 갖고 있는 나라다. 또한 주변국들의 기운이 바로 이 한반도를 중심으로 몰려 있다. 이런 상황에서 갇혀 있는 의미의 '샌드위치'가 아닌 진정한 중간 지대의 핵심으로서의 역할을 수행해야 한다. 물론 오늘도 살기 어려운데 내일을 대비할 수 있겠냐는 질문도 나올 수 있다. 그러나 국가는 그런 일을 처리해야 할 의무와 그럴 수 있는 역량이 있는 집단이다. '새마을 운동'과 '공업입국의 선봉'이라는 이유로 온 백성이 뼈 빠지게 허리를 졸라맸던 이유를 바로 이 순간에서 찾아야 한다.

2

우리 의식주에 숨겨진 진정한 한 물결

초가집 : 가장 따뜻한 마음의 안식처

요즘 한류문화, 한류스타라는 말이 자주 들린다. 한복, 한옥, 한식, 한지 외에 각종 한국의 대중문화가 외국으로 전파되고 있다.

그런데 안타깝게도 가장 근본이 되어야 하는 '한 정신'은 누구도 강조하지 않는다. 문화는 개인 또는 민족의 정신, 정체성을 중심으로 우선 다른 대중과 호흡할 수 있는 보편성을 확보해야 진정한 가치와 생명력을 유지한다.

나아가 한류(韓流, Korean wave)는 사실상 '한 물결'이라는 말이 어울린다. '한'이 쓰인 단어에 굳이 한문이 들어갈 이유가 없다. 또한 한 철학은 단순히 지나간 흔적과 향수가 아니라 우리 일상 속에 남아 있는 것이다. 그렇다면 이런 한 철학은 과거의 속에서 어떤 모습으로 존재했을까? 제대로 된 한 철학의 일상적 활용을 살피려면 우선 우리 선조들이 누렸던 의식주 세계로 들어가 봐야 한다.

1970년대까지만 해도 시골집들은 초가집이 대부분이었다. 해거름 무렵 집집마다 피어오르는 밥 짓는 연기, 아버지가 지고 온 나뭇짐, 숨찬 휘파람을 받치는 지게 작대기, 이 모두가 우리 마음에 남아 있는 한 폭의 그림이다.

아이들은 초가집 사이 흙담 길에 모여 숨바꼭질과 '변살이', 딱지치기를 했고, 밤이면 동네 사람들이 모여들어 군불을 지피고 사랑방의 뿌연 담배연기 속에서 가마니와 덕석을 짜거나 윷놀이며 '꼰(고누)띠기'를 하며 어울렸다.

한 예로 장수 지역도 덕석에 윷판을, 그리고 종발에 작은 윷을 담아 상대지역으로 던져서 노는 윷놀이가 있다. 덕석을 나가거나 선을 넘어서지 못하면 '낙'이라 하여 무효다. 돈 내기를 할 때 구경꾼이 돈 거는 것을 '쑤꾸' 든다고 하는데, 일명 '종발 윷'이라 한다. 이런 놀이는 주로 야외에서 한다.

윷놀이 판은 28수의 하늘을 의미한다. 또한 4개의 윷은 땅을 의미하며, 도, 개, 걸, 윷, 모는 저가, 구가, 대사, 우가, 마가를 의미한다고 한다. 여기에서도 하늘과 땅과 사람들이 사는 천지인의 삼재(三才) 사상을 읽을 수 있다.

뿐만 아니라 윷은 겸손을 가르친다. 아무리 잘나가다가도 자칫 잡힐 수 있으며, 말을 업고 같이 가면서 힘을 모은다. 혼자 하지 않고 여럿이 하니 즐거운 모험이 있고, 말을 돌리면서 함께 사는 세상을 이야기하고 설계한다. 또한 아무도 모르는 미래를 하늘에 던져 최선을 다 하고 결과를 땅에 수놓는다. 그것이 윷놀이다.

옛날 사람들은 초가집 정지(부엌)에 정지신(조왕)을 모시고 손이 닳도록 기도를 했다. 정지는 불과 물을 신성하게 여기는 곳인데, 이사를 하면 성냥을 선물하는 것도 이 불꽃의 신성함을 이어가기 위해서였다. 나아가 인류가 시작될 때부터 신성시 여겨졌던 불 말고도 물 또한 매우 소중하게 다루어졌다. 맑은 기운을 담은 정한수는 두 말할 것도 없고, 선비들은 토란잎에 모인 아침이슬로 정갈한 먹물을 만들었다.

장맛과 막걸리 맛도 물에 따라 달라졌다. 어머니들은 장독대에 정한수를 떠놓고 장독대 수호신인 철륭에게 기도를 했다. 우리의 어머니들은 가족의 안녕과 성공을 바라는 기(氣)를 공기에 실어 내보냈으니 참으로 감탄할 일이다.

그런가 하면 정지 위 서까래에 매달린 산초와 소금 뿌린 돼지고기 한 덩어리는 부석작(아궁이)의 붉은 불빛을 받아 먹음직하게 보였다. 살짝 구운 고기는 된장만 찍어 먹어도 훌륭했다. 고기는 숙성이 잘 될수록 고급 육질로 변하니 천연 동굴에 온도 유지 시설을 갖추고 유효한 균을 길러내 잘 숙성할 수 있는 조건을 갖추면 그 역시 전통을 통한 내일의 탄생이 아닐까?

또한 고기는 다량의 원적외선을 방출하는 짚불에 구우면 더 맛있다. 다만 짚불은 순식간에 타버리기 때문에 반절만 태운 짚과 숯을 가루로 내어 연탄처럼 찍어내는 것도 훌륭한 재발견이겠다. 이런 것들이 진정한 전통과 과학의 조화가 아니겠는가? 그런가 하면 발효한 숙성 고기를 찍어먹는 된장도 훌륭한 발효 식품이다.

일제 강점기에 청국장이 없었으면 아마도 굶어 죽었을 것이라는 이야기도 있다. 당시 일본 사람들이 청국장 냄새를 싫어하여 청국장은 수탈을 안 했다는 건데, 이는 그만큼 청국장에 풍부한 영양소가 함유되어 있다는 이야기도 된다. 김치는 어떤가?

김치는 잘 익으면 미생물의 활동이 최고조에 달한다. 김치에서 활동하는 젖산균은 산소를 싫어한다. 김치를 비닐에 돌돌 말아 방죽 한 가운데에 앉혀만 놓아도 맛이 나는 것도 그래서다. 김치에 작용하는 순수한 미생물의 원리를 잘만 이용하면 치즈와는 또 다른 발효식품, 또는 한방 치료약이 탄생할 수 있다.

나아가 우리 조상의 발효 과학은 젓갈과 버섯류 등 아주 넓은 분야에서 활용되었다. 김치 한 조각에는 수억 마리의 미생물이, 흙 한 숟가락에는 2억 마리의 미생물이 살고 있다. 첨단과학이 별것 있겠는가? 미생물 하나만 연구해도 온갖 질병을 물리치고 하늘이 내린 수명도 만족스럽게 누릴 수 있다.

이왕 먹는 것이 나왔으니 하나 더 이야기해보자. 예전에는 가족 중에 기운 쇠한 사람이 있으면 초가집 마당에 약탕관을 놓고 부채를 부쳐가며 정성을 다해 약을 달였다. 탕관은 질그릇도 있지만 돌그릇도 있었다. 과학이 발달한 지금, 달이는 방법은 바뀌었지만 오늘날도 탕약을 먹는 것은 흔히 볼 수 있다.

우리는 소화가 안 되면 소화제를 먹고, 감기가 들어오면 감기약을 먹고, 가벼운 배앓이나 편두통에는 진통제를 먹는다. 그러나 흔히 먹는 이 약들은 대부분 양약이다. 양약은 화학적 결합에 의해 만들어지므로 가급적이면 먹지 않는 것이 건강에 유익하다는 건 상식이다.

따라서 부작용이 거의 없는 한약을 양약처럼 쉽게 먹을 수 있는 환경이 마련된다면 얼마나 좋겠는가? 약초를 취급하는 사람과 한의사들이 공동의 연구를 통해 쉽고 일상에서 부담 없이 먹을 수 있는 과감한 지원 체계가 있었으면 좋겠다.

또한 음식이 가장 좋은 보약이라는 사상의학(四象醫學)도 귀중한 자원임에 틀림없다.

서양의학은 인간을 '남녀노소' 정도로 구분하지만, 한의학에서는 이를 사상체질로 분류한다. 확실한 구분은 어렵지만 나이와 성별, 체질에 따라 먹을 수 있는 음식과 보양식을 개발하면 분명히 표준화가 가능하다. 나아가 아궁이도 훌륭한 우리 것이다. 아궁이에 불을 때면 다량의 원적외선을 방출해 질병 예방에 효과적이라는 말도 있다.

모든 물체는 원적외선을 방출하지만 열을 받으면 그것이 더 강해진다. 나무와 짚과 싸리를 태우는 정지에서 일을 많이 하면 성인병에 강해진다는 말도 그런 이유다. 또한 요즘 사람들은 지저분하다고 여기는 그을음에도 훌륭한 효용이 있다.

옛날에는 아이가 배앓이를 하면 엄마들은 손톱으로 고운 그을음을 긁어 먹여 배탈 설사를 멈추게 했는데, 이런 효과는 활성탄 성분의 지사제(止瀉劑) 기능이 있기 때문이다.

지금은 만드는 사람이 거의 사라지고 없지만 같은 원리를 가진 먹은 그을음과 아교를 반죽하여 만든다. 요즘 사무실이나 집안에 숯과 함께 작은 식물들을 키우는 이들이 많다. 숯은 습도 조절과 방충, 나아가 전자파를 차단하는 데도 매우 효과가 있다.[3]

그을음을 다량 함축해 만든 먹을 활용하는 것은 숯의 기능을 최대화하는 일이다. 예를 들어 휴대전화에는 다량의 전자파가 쏟아지는데, 먹을 활용한 휴대폰은 어떨까? 작은 민간요법이나 전통관습도 얼마든지 좋은 상품으로 만들 수 있다.

초가집의 핵심인 황토도 마찬가지다.

황토는 기운이 강해 담배를 말리며 독기를 뽑던 황초(黃草)집에서는 황토만 사용해 집을 지었는데, 사람 사는 집에서는 황토로만 집을 지으면 불리하다. 황토 기운이 지나치면 좋은 기운마저 빼앗길 염려가 있기 때문이다.

그럼에도 황토를 잘 활용하면 그 이득은 셀 수 없을 정도다. 황토 한 수저에는 2억 마리의 미생물이 살아 있어서 각종 제독과 지혈 등에 효과가 좋다. 초가 흙집에 군불을 지피고 뜨끈뜨끈한 아랫목에서 노곤한 몸을 지지면 혈액 순환을 도와 피로를 풀 수 있다. 심지어 조선시대 왕들도 이 찜질방을 활용했다.

나아가 황토는 식용으로도 썼다. 신라의 석지장(釋地藏)이라는 스님은 찾아오는 손님들에게 흙국수를 만들어 먹였고, 신라 태종

---

3) 한상묵(51세), 먹장.

시대 함경도 화주에 큰 기근이 들었을 때 사람들은 끈끈하고 노리끼리한 흙을 파먹었으며, 평양 '잡약산'에서는 푸르스름하고 약간 노란 기가 도는 흙이 있었는데, 맛은 달지도 쓰지도 않았지만 가뭄을 이기기 위해 흙떡을 만들어 먹었다.

또한 봉산(鳳山)에서도 쌀이나 보릿가루 2~3할에 흙 7~8할을 섞어 흙국수를 빼서 먹었고, 6. 25 전쟁 전후 백색의 흙을 먹고 수도를 한 어떤 승려는 식토승(食土僧)이라고 불렀다.

『지봉유설』 등의 이 같은 기록에 대해 이규태 씨는 먹는 흙은 석영이 변성된 흙으로서 석영은 암석 가운데 가장 순수한 결정체라 먹어도 인체에 부작용을 일으키지 않는다고 설명했다.

옛날에는 백, 황, 녹, 적, 흑석영을 칼로 깎아 약재로 썼으며, 돼지, 양, 소고기와 함께 끓여 먹기도 했다는 것이다.[4] 이런 이야기를 들으면 황토를 일반 음식의 발효와 합치해 무공해 흙 국수, 흙 떡이 나올 것도 기대해본다.

또한 황토가 독성을 배출하는 역할을 한다면, 흰색의 회벽도 특수한 역할을 한다. 바로 방수 효과와 함께 밝은 기운을 흡수하는 능력이다. 또한 그을음의 검은색은 좋지 못한 기운을 땅속으로 보내는데, 우리 조상은 회벽과 그을음을 통해 이 기운들을 주거나 받아들이며 활용하는 지혜가 있었던 것이다.

즉 집이라는 것은 그저 일상적인 거주 공간일 뿐 아니라 나쁜 것과 좋은 것을 흡수하거나 내보내는 조화가 이루어져야 하는 곳이

---

4) 이규태, 앞의 책, 198쪽.

었다. 나아가 청기와를 보자.

은하수는 붉은색과 청색으로 이루어져 있다. 우리에게 청기와 집이 익숙한 이유는 그을음(흑), 회벽(백), 황토(황), 불(적), 청기와(청)로 이루어지는 태극과 오행에 가치 기준을 두었기 때문으로 보인다. 이 또한 조화다.

한국은 땅속에 불을 가두어 활용한 최초의 민족이다. 찬 공기는 항상 낮은 곳으로 대류 활동을 하기 때문에 구들장을 먼저 덥히는 것은 실내 공기를 태우지 않고도 골고루 덥히는 데 매우 효과적이었다.

실제로 경남 하동에 있는 칠불사의 아(亞)자형 구들은 한 번 불을 때면 석 달 동안 온기가 남아 있었다고 한다. 다소 과장되어 있는 듯하지만 가능성이 없는 것도 아니다. 이 구들의 특징은 물길의 이중 구조에 있는데, 이 구조는 열을 보관하고 분산하는 데 용이하다.

요즘은 거의 모든 가정에 냉장고가 있다. 그렇다면 열효율을 극대화하면서도 친 자연적인 첨단 과학의 온장고도 쓰임이 있지 않을까? 구들의 열 보존 원리와 폐자재(타이어 등)의 완전 연소만 잘 활용하면 농촌의 비닐하우스나 온수를 많이 활용하는 곳에서 유익하게 사용할 수 있을 것이다.

최근에는 흙을 이용한 실내 벽면 디자인도 눈길을 끈다. 파랗고 하얗고 붉은 다양한 흙을 사용하거나 각섬석을 활용해 검은색을 조절하기도 한다.

각섬석은 각석암이라고도 하며, 장수 지역에서는 조선 말엽부터 손으로 다듬어 만들다가 물레방아, 선반, 자동 기계를 도입해 만들어왔는데, 최근 중국산에 밀려 사라질 처지에 있다. 각섬석은 열을 받아 다량의 원적외선을 방출하는 것으로 알려져 있고, 보온 효과가 뛰어나 돌솥밥이나 돌구이 판으로 많이 활용한다.

나아가 구들의 복층 구조를 활용해 다층의 바닥을 설계하는 것도 좋은 방법이다. 보온 효과는 물론 아래층으로 들리는 소음도 없앨 수 있다. 뿐만 아니라 다양한 흙과 돌과 나무를 잘 활용하면 특별한 한국만의 아파트를 설계할 수 있다. 수입한 아파트 문화를 재탄생시켜 역수출할 수 있는 좋은 기회인 것이다.

그런가 하면 초가집 마루는 대문을 드나드는 모든 사람을 영접하는 개방형 응접실이자 힘든 몸을 추스르는 휴식 공간이자, 앞마당에서 노니는 강아지와 토종닭을 바라보는 정서적 공간이자 나아가 나와 이웃을 연결하는 공간이었다.

얼굴 모르는 거지가 바가지를 들고 대문을 기웃거려도 들어오라고 할 수 있었던 것도 마루가 개방되어 있었기 때문이다. 이뿐이랴, 마루 밑은 강아지 집도 있고, 감자도 저장하고, 가을걷이를 잠시 보관하는 다용도의 공간이었다.

아파트는 안락하고 편하긴 하지만 이웃과 소통하는 공간이 차단되어 있다. 불과 2~30cm의 벽면을 사이에 두고 도대체 앞집 사는 사람이 누군지도 모르는 경우도 많다.

아파트와 떨어진 정자나 공원을 가려면 시간을 따로 내야 하니 바쁜 사람들이 이용하기는 쉽지 않다. 같은 복도를 사용하는 입구에 작은 정자와 평상을 만들고 공동 마루와 사랑방처럼 활용하는 방법은 없는 것일까?

아파트의 마당에 만든 학원, 아파트 주민들이 만들어 파는 음식점, 아파트 주민들이 가꾸는 화랑, 사랑방, 명절이 돌아오면 아파트 전체를 울리는 풍물놀이, 굿을 상상해보자.

서로를 살펴 정(情)을 키워가는 한국 문화의 특성은 버려져야 할 것이 아니라 복원시켜야 할 현대판 두레의 온상이다.

한 예로 요즘 들어 중국의 '멜라닌'이 말썽이다. 한국 안에서도 마찬가지로 음식 전쟁이 벌어지고 있다. 야채도 마찬가지다. 채소가 건강에 좋다는 건 알지만 도시에서 안전한 먹거리 찾는 일은 쉽지 않다. 하지만 전혀 방법이 없는 것도 아니다.

시골집 마당에는 으레 텃밭이 있었다. 따라서 좁은 아파트에도 작은 화분 정도 크기의 부엽토와 긴 고정 틀에 계단식 농법을 응용하면 상추, 배추, 고추, 방울 토마토, 버섯 등은 어느 정도 자급할 수 있다.

한꺼번에 씨를 뿌리지 않고 한 달 정도의 기간을 두고 순차적으로 뿌리면 1년 내내 먹을 수 있기 때문이다. 또한 아파트 주민들이 직접 법인이나 조합을 결성하여 시골 마을과 농산물을 연결하는 '녹색 점포'를 만들어도 좋을 것이다.

한국식 지붕도 역시 귀한 존재다. 지금은 많이 사라졌지만 옛날 기와집 지붕에는 기왓장 사이에 참새들이 많이 살았고, 초가집 지붕에는 매미의 애벌레인 굼벵이가 많이 살았다. 또한 구렁이가 가끔씩 나타나 서까래를 지나다녀도 잡지 않았다. 쥐를 잡아주어 이빨에 독이 없어 집을 지켜주는 명물로 여겼기 때문이다. 또한 수천 년을 이어 온 구렁이(태양) 문화가 이어진 결과일 수도 있다.

실제로 우리 조상들은 집 구렁이가 나가면 '업'이 나간다고 했고, 구렁이를 '대맹이'라고도 불렀는데, 굵은 미꾸라지를 잡으면 "대맹이네!"라고 했다. 또한 집 구렁이의 수컷은 귀가 달렸으며 머리에 금테가 있다고 해서 귀히 여겼다. 다시 말해 한옥의 지붕은 사람만 덮어주는 것이 아니라 우리 생각까지 덮어주고 있었다.

마한, 진한, 변한에는 꼬리 길이가 5척(1.6m)이나 되는 세미계(細尾鷄)가 있었다.[5] 이 닭은 삼족오와 솟대의 표상이었다. 지붕 위에서 홰를 치는 닭의 모습은 하늘을 향해 진보하는 천손의 모습이기 때문이다. 닭에게 지네를 먹이면 꼬리가 빠지고 엉덩이가 빨개지는데, 시골에서는 지네 먹은 닭을 최고로 여겼다. 이런 닭들의 품종을 유지하고 그 상징성과 함께 현대인에 어울리는 한방 건강식으로 개발하면 어떨까?

나아가 누군가 임종을 하면 그 가족은 죽은 사람의 저고리를 벗겨 지붕에 던지며 "○○씨네 집 ○○가 운명했다!"고 외쳐 죽음을 알렸다. 저고리를 지붕에 던지는 이유는 하늘과 소통하는 천손의 자손으로서 그의 운명을 하늘에 알리는 일이자, 망인이 다시 소생할 수 있는 시간을 벌기 위한 배려였다. 물론 요즘은 도시에서도 옥상에 정원을 만들어 휴식 공간으로 활용한다.

---

5) 박선희, 『한국고대복식 그 원형과 정체』, (지식산업사, 2002), 31쪽.

하지만 본래의 지붕은 단순한 휴식 공간이 아니라 우주와 철학을 이해하는 공간이자 하늘과 소통하는 공간이다. 앞으로는 옥상에 솟대를 활용해 기쁨과 슬픔을 하늘에 알리고 사람과 사람이 정을 나눌 수 있는, 학문과 문화와 예술이 공존하는 공간으로 만들면 어떨까?

1970년에 시작된 새마을 운동은 우리의 가난한 삶을 거두어갔다. 그러나 동시에 인심은 각박해지고 우리 문화라면 무조건 미신으로 취급되어 우리의 것을 제대로 살리기 힘든 분위기를 낳았다. 지금도 우리 정부는 미관상 이유나 빈집에서 불상사가 있을지 모른다는 이유로 돈을 주면서까지 초가집을 정리하라고 권장하고 있다. 그러니 시골에 가도 시골다운 모습을 보기 어렵다. 농촌의 분위기는 나무와 흙과 돌과 자연에서 스며 나온다. 그런데 어느 순간부터 시골에조차 시멘트와 조립식 자재가 가득하다.

이제는 조화된 지점을 찾아야 할 때다. 시멘트를 최소화하고 돌과 나무와 흙을 최대화해야 한다.

나무는 지진에도 강하다. 특히 소나무나 싸리나무는 세로로 수축하지 않아서 구조를 변화시키지 않으며, 나무를 2000년 이상 버티게 하는 송진의 효과도 누릴 수도 있다.

특히 한국식 건축은 짜맞춤 형식이 강하니 더 유리하다. 특히 농촌의 목조형 건물로 짓는 것이 걸맞을 것이다.

다만 옛날식을 그대로 유지하면 생활이 불편하니 실내 공간만큼은 움푹한 기존의 구조를 배제하고 평평한 방과 뜨락을 만들면 좋을 것이다.

또한 구들에는 기름보일러가 아닌 온장고식 나무 보일러를 두면 될 것이고, 특히 실내 응접실용 벽난로의 구들을 이용해 연기가 실내로 들어오지 않고 화력을 벽면으로 발산하거나 응용할 수 있는 구조를 개발하면 좋을 것이며, 황토 벽돌을 이용하면 될 것이다.

황토 벽돌은 쥐가 잘 들어와 온다고 싫어하는 경우가 있는데, 그것은 손으로 바르던 시절 이야기일 뿐 지금은 압축식 벽돌을 사용하니 걱정이 없다.

또한 황토벽은 외부와의 온도차를 줄이려면 벽 두께가 3~40cm 이상이 되어야 하는데, 황토 벽돌도 황토만 사용하지 않고 지푸라기나 해초류를 활용하는 등 보다 나은 성능 연구가 필요하다. 물론 이 모두를 한꺼번에 실천하는 건 쉽지 않다. 일단 수요가 많지 않으니 가격이 비쌀 것이고, 연구된 건축 양식과 표본도 없다.

그럼에도 이런 문화들을 하나씩 진척시켜 나가고 능력을 가진 사람이 있다면 더 많이 노력해야 한다. 우리 주변에서, 우리의 것이 아무런 쓸모없이 사라지고 있는 것을 보는 일은 더없이 슬프기 때문이다.

한복 : 세계로 나아가는 우리 의복의 아름다움

30년 전만 해도 우리나라는 동네마다 베틀이 있어서 가정에서 베를 짜고 옷을 해 입었다. 목화솜을 따거나 방앗간에서 솜을 타는

풍경, 긴 통에 삼을 삶아 도랑에서 껍질을 벗긴 뒤 실로 짜는 풍경
도 흔히 볼 수 있었다.

우리나라의 면직물은 고려 말 문익점이 원나라에서 목화를 들여
오면서 시작되었다고 하지만, 고구려나 신라 시대 전부터 이미 야
생 목화로 이미 면직물을 생산하긴 했다.

다만 새로 들여 온 인도 목화는 꽃이 크고 생산량이 많아 수 년
만에 평민들도 입을 수 있을 만큼의 면화 생산량을 높여 놓았다.
당시 고구려에서는 백첩보를, 신라에서는 백첩보와 면주포, 또는
시면주포를 생산했는데, 이 중에 면주포와 시면주포는 목화와 누
에고치의 합사 직물이었다.

우리나라에서 옷감이 발전한 것은 고조선 이전, 기원전 6,000년
경으로 알려져 있다. 이때부터 이미 바늘과 씨실을 풀 때 사용하는
베 짜는 기구인 북, 그물 추, 실을 자을 때 가락에 끼워 회전을 돕는
가락바퀴가 사용되었고, 비파형동검, 세형동검, 청동거울 문양처
럼 가락바퀴에 기하학적 문양을 새겼으며, 가죽 기술, 비단 생산 등
여러 면에서도 중국의 고대와는 확연히 다른 우수한 기술과 재료
들이 존재했다.[6]

옷감이 있으니 염색인들 한국이 빠질 수 없다. 색 하면 고분
벽화가 떠오르지만 그것은 각종 매스미디어를 통해 고분벽화
를 쉽게 접하기 때문에 나타나는 현상이며, 당시 우리 민족은
채색뿐만 아닌 염색 기법도 꾸준히 활용하고 있었다.

---

6) 박선희, 앞의 책. 실을 사용한 고대의 역사에서도 우리나라가 중국의 문화보다 훨씬 앞서 있었다는
  무수한 증거들이 발견되고 있다.

우리나라 염직에 대한 기록은 중국남조 송나라의 범엽이 지은
『후한서』 권 85 「동이열전」 75 읍루에서 찾아볼 수 있는데 "의복은
모두 금수(錦繡)로 만들고 금은으로 장식한다"라는 글귀가 있고,
같은 책에 "마한 사람들은 농사짓고 누에 치는 방법을 알아서 면포
를 짰다"는 내용도 있다.

삼국지 권 13 오환선비 「동이전」 30 변진에서는 "누에 치는 법을
알아 겸포를 짜서 쓰고"라는 기록이, "부여에서는 수를 놓은 비단
옷으로 지은 옷과 털옷을 입는다"라는 기록이 있다. 또한 『후한서』
의 「동이전」에서는 청색을 금한 기록이 있고, 「위지 동이전」은 "부
여에 있어서는 회(繪), 수(繡), 금(錦) 등의 다양한 의복에 염색을 했
다"는 기록도 있다.[7]

또한, 박선희 교수의 글 일부인 "갈치(꿩)의 털을 짠 타복과[8] 같
은 종류의 고급 모직물인 계는 고조선 때부터 한반도와 만주 지역
에 널리 생산되었다"는 글귀에서도, 고조선 때부터 이미 가죽과 고
급 모직물을 생산해 중국에 수출한 것은 물론, 금색을 비롯한 염색
실로 수를 놓고 염색도 했다는 것을 알 수 있다.

청색은 주로 '쪽(여뀌)'에서 추출 가능한 색이다. 그 중에서도 '개
쪽'은 어릴 때 도랑가에서 잎을 훑어서 돌에 찧고 그 물을 도랑물
에 풀어 두둥실 뜨는 고기를 잡는 용도로 활용한 식물일 만큼 주변
에서 흔히 볼 수 있는 것이다.

그러나 쪽으로 염색을 하려면 쪽 대와 쪽잎을 큰 옹기그릇에 물

---

7) 김지희, 『염색장』, (화산문화, 2002), 15-18쪽
 8) 벼슬아치의 정복.

과 함께 담아 상온에서 일주일 정도 삭혀 쪽대를 건진 뒤 잿물과 섞어 더운 공간에서 발효시킨 다음 염색을 해야 하는 비교적 복잡한 과정을 거쳐야 한다. 이런 염색 기술은 우리 조상들이 고대부터 과학적인 삶을 영위했음을 보여주는 것이며, 다양한 색상들이 새롭게 응용되면서 고구려, 조선까지 이어졌다.

그러나 19세기 후반 영국의 윌리엄 퍼킨(W. H. Perkin)[9]이 실험 과정에서 우연히 보라색 인공 염료를 발견하면서 수 천 년간 이어진 자연 염색은 급격히 화학 염색으로 전환되었다. 쪽빛에서 얻은 교훈 중 청출어람은 순자(荀子)의 권학(勸學) 편에 나오는 "푸른색은 쪽(藍)에서 나왔지만 쪽빛보다 더 푸르다"는 말로서, 제자나 후배가 스승이나 선배보다 나은 것을 비유적으로 이른다.

염색으로 보자면 '화학 염색' 이야말로 청출어람일지 모른다. '천연 염색' 이라는 스승보다 돈도 되고 세탁도 쉬우며 오래 입는다. 그러나 몸에 이롭지 못한 것은 물론 대량 생산을 하는 동안 엄청난 수질 오염을 발생시키고, 나아가 '쪽빛 하늘' 에서 느껴지는 감성도 없다.

염색의 진정한 청출어람은 천연 재료를 깊이있게 연구하여 활용하는 것이다. 오염 없이 건강에도 좋고 돈도 벌 수 있기 때문이다. 또한 천연 염색은 옷감에만 사용하는 것도 아니다.

한지, 이불, 보자기, 황포 돛대, 천막 등 다양한 물건에 적용할 수 있다. 따라서 천연 염색을 표준화하고 산업화하는 연구와 노력이

---

9) 김경환, 『염색학』, (학문사, 1996), 27쪽.

절실하다. 『후한서』「동이열전」에서는 "동이(東夷)는 토착민으로서, 술 마시고 노래하며, 춤추기를 좋아하고, 변을[10] 쓰거나 금(錦), 즉 비단으로 만든 옷을 입었다."[11]는 글귀가 있다. 이 짧은 글귀는 다양한 바를 시사한다.

우선 동이족에 대해서다. 우리는 해가 뜨면 "해가 뜬다"라고 하지만 어른들은 주로 "동이 튼다"고 말한다. 이는 '밝' 과 '해동' 과 같은 의미가 살아있는 말이다. 풍물에서도 우리는 고깔을 쓰고, 상투를 틀었다. 하늘의 뜻을 받는다는 의미다. 하늘의 뜻을 받는 천손이니 그 얼마나 자랑스럽고 기쁘겠는가? 늘 행복하여 춤추고 노래함이 풍물과 아리랑 등으로 남아있는 게 아니겠는가?

또한 변과 절풍은 그 모습이 고깔과 역 고깔의 모습을 하고 있다.[12] 왜 하필 삼각형과 역삼각형의 형태를 응용하였을까? 이 또한 하늘과 땅 사이에 인간의 모습을 철학적으로 표현한 것은 아닐까 싶다.

기원 전 25세기경부터 원형과 복숭아 모양의 장식 단추를 의복, 갑옷, 신발, 모자, 활집 등에 달거나 귀걸이로 만들어 귀에 장식함으로써 화려하고 높은 수준의 복식 형태로 발전했는데, 이는 중국이나 북방 지역에서 볼 수 없는 한민족만의 특징이다. 후에 고구려

---

10) 머리에 쓰는 '고깔' 의 형태. 고조선 시대부터 고구려, 백제, 신라에서는 변을 포함한 절풍(변과 유사함, 한국최초의 관모), 책을 사용하였다.
11) 박선희, 앞의 책, 226쪽.
12) 고조선의 유적인 함북 무산군 무산읍 범의 구석유적 청동기문화층에서 출토된 남자 조각품은 머리 위가 둥근 모습으로 높이 올라가 있고, 서포항 유적에서는 머리의 윗부분이 양쪽 옆으로 퍼져 각을 이루고 있다.(박선희, 앞의 책, 231쪽)
13) 박선희 앞의 책, 292쪽. 이러한 사실들은 이미 고조선 시기에 발생한 문화로 증명이 되고 있고 중국은 한(기원전 206-220) 초에 발생한 것임으로 이 역시 한국의 문화가 중국의 문화를 앞서 다른 분명한 증거다.

에서는 절풍의 양옆에 새 깃을 꼽아 귀천을 가렸고, 이것이 차후 금과 은 장식으로 발전했다.[13] 이 또한 '닭' 이며 '닥' 인, 하늘의 뜻을 받는 관습을 보여준다.

조선시대 한복은 서양의 옷과 달리 풍성하고 여유로우며 단전을 따뜻하게 하고 가슴을 시원하게 하는 구조를 갖고 있다. 남자들의 바지는 공기층이 보온되도록 댓님을 매고, 여자들의 치마는 넓고 커서 더욱 여유로워 땅의 기운을 잘 받을 수 있다.

최근 이 같은 한복의 아름다움이 서서히 넓은 세계로 알려지고 있다지만 한복의 연구는 대체로 문양, 디자인 등에 한정되어 있고 기능성 부문이 빈약하다. 실제로 '생활 한복' 또는 '개량 한복' 이라 하여 개선된 한복도 있지만 허리춤의 헝겊 허리띠는 약해서 바지가 줄줄 내려가기 십상이고, 고무줄로 보완해도 쉽게 늘어나 제 기능을 하지 못한다.

댓님 또한 매듭으로 된 단추를 달면 입고 벗기가 불편하다. 소매를 지나치게 넓게 만들면 일상이 불편하고 좁게 만들면 한복의 맛이 없다. 따라서 허리띠는 좀 더 넓게 허리를 두르고 매는 부위는 가늘게 만들되 한쪽을 길게 해서 매고 푸는 것이 수월하도록 하고, 댓님 또한 '똑 단추' 를 활용하여 입고 벗기 쉽게 하고, 소매는 양손이 들어갈 정도로 충분한 곡선을 살리되 일상에 불편이 없도록 하며, 치마 또한 좁히되 한복의 선을 유지해야 한다. 또한 한복과 모자와 신발, 장식 등이 동시에 어울릴 수 있을 만한 디자인적인 개선도 동시에 필요할 것이다.

배산임수 : 맑은 바람의 터

　시골에 있다가 도시에 나가면 하루 보내기가 힘들다. 고속도로
에서부터 코를 찌르는 화학성 냄새와 텁텁한 기운이 자극적이다.
시내는 하루만 다녀도 목이 컬컬하다. 가끔 가다 지나치는 맨홀에
서 올라오는 하수구 냄새에 머리가 아프다. 더운 여름날 가게 환풍
기로 쏟아지는 에어컨의 뜨거운 바람도 싫다. 그럼에도 지나가는
사람들의 얼굴은 화장으로 곱게 단장되어 있고 종종 향수 냄새도
풍긴다.

　우리 선조들은 사는 집은 물론 죽어 묻힐 자리까지도 정해놓고
살았다. 사는 것도 죽는 것도 다 하나라고 생각했다. 내가 묻힐 무
덤에 가묘를 해놓고 키 작은 화초와 각종 과일나무를 심었다. 자식
들이 과일을 따러 와서 성묘를 하고 조상을 생각할 자리를 마련해
준 것이다. 또한 사는 터를 정하는 일은 풍수지리를, 사는 일에 대
해서는 토정비결을 따랐다. 풍수나 운세 모두가 자연 철학이자 통
계이고 사상이었던 셈이다.

　풍수지리는 말 그대로 바람과 물과 땅에 대한 인간의 생각이다.
물론 시대에 따라 다양하게 변하기도 했지만, 자연과 함께 한다는
생각은 한결 같았다. 풍수에서는 사는 곳을 택하는 것을 '양택' 이
라 하고, 죽어서 살고자 하는 곳을 택하는 것을 '음택' 이라 했다.
또한 좌청룡, 우백호, 남주작, 북현무를 중시하고 배산임수(背山臨
水), 좌묘우사(左廟右社) 등의 의미를 활용했다. 음기가 빠져나갈 수

없고 양기가 들어올 수 없다 하여 집앞에는 큰 나무를 심지 말라고 했고 대신 주변에 소나무와 대나무를 많이 심으라고 일렀으며, 대칭을 비인간적으로 여겨 비대칭을 선호했고 만사에 기교를 부리지 않았다.

주산(主山)[14], 좌청룡 우백호, 소나무, 대나무는 아늑한 공간을 확보하고 북쪽의 강한 겨울바람을 막는 동시에, 남쪽의 햇빛을 받기 위한 것이다. 그래서 멀리 보이는 앞산(남산)은 미래를 지향하는 산이다. 그러니 집의 바로 앞이나, 바로 옆에는 나무를 심지 않는데, 이는 바람을 끌어들이기 위해서이기도 하고 초가집의 경우는 나무 뿌리가 파고들어 집의 기둥을 기울인다고도 생각해서이기도 했다. 또한 이는 도읍을 정하는 일이나 개인의 집터를 정하는 것이나 마찬가지였다. 자연과 함께 공유하는 넓은 자연의 정원을 추구했다.

도시에는 아파트가 많다. 비싼 땅 값 때문에 성냥갑처럼 다닥다닥하기 일쑤다. 아파트가 많다는 것은 그 안에 사는 사람이 많다는 의미다. 그런데 아파트에 3일만 전기가 끊기면 어떨까? 씻지도 못하고, 밥도 못하고, 2,30층을 오르락내리락해야 하고 자기도 힘들 것이다. 그것이 석 달간 지속된다면? 아마 전쟁터를 방불케 하는 난리가 날 것이다. 지나치게 인공에 의존하는 것은 언제든지 인재(人災)를 불러들일 수 있다.

바람도 마찬가지다. 바람에도 종류가 여럿이라는 것을 아는가?

---

14) 운수 기운이 매인 뒷산.

'철바람', '골바람', '하늬바람', '칼바람' '헛바람' 등 수없이 많다. 그러나 아파트는 배산임수나 철 따라 부는 바람은 아예 고려하지 않는다. 특히 여름철에는 1~2℃만 차이가 나도 시원할 수 있는 만큼 계절 바람을 충분히 고려해 배치하면 더 좋을 것이다.

실제로 우리나라의 전통 정원은 이 원리를 잘 이용했다. 철바람, 골바람은 물론 양지바른 마당과 후원(뒤 안)의 그늘을 이용해 반드시 앞문과 후원으로 통하는 문을 냈다. 이는 마당의 고온과 후원의 저온으로 생기는 대류 열을 이용해 바람이 불도록 만든 지혜다. 또한 사각 연못을 만들면 그 안에 둥근 섬을 만들어 그 위에서 풍류를 낚았다. 네모는 땅, 동그라미는 우주이자 하늘이다. 그리고 그 가운데 사람이 있으니 이 또한 천지인이다.

농장이나 들의 한적한 곳에 지은 별서(別墅), 누각과 정자 등은 이름다운 계곡과 물이 있는 곳에 지은 개방형 공간이었다. 시골에 가면 이런 정자들이 많지만 제사를 지내거나 정기적인 모임을 빼고 일상적으로 활용하는 경우는 드물다. 도로 설계자들이 아무 생각 없이 파헤쳐서 운치 없이 길이 뚫린 뒤로 방치된 곳이 많다.

고려장이라는 말이 있다. 다들 '늙은 부모를 내다 버리는 풍속' 쯤으로 알고 있다. 그러나 이 고려장은 문헌적 근거가 없는 친일파 세력이 꾸며낸 이야기일 뿐이다.

인하대 최인학 교수의 말처럼, 이 고려장은 일본인들이 우리 유적과 관련된 무덤을 파헤치기 위한 사전 작업으로 무덤을 폄하하기 위해 만들어진 술책이라는 것이 정설이다.

실제로 현재까지 알려진 문헌에 고려장 이야기는 없다. 다만 지게를 지고 노모를 버린 아비의 아들이, 아비도 늙으면 다시 버린다고 말하자 그 아비가 자신의 잘못을 깨닫게 된다는 이야기가 중국의 『효자전』에 있고, 최초로 고려장이라는 용어가 등장한 것은 1882년 그리피스의 『은자의 나라, 한국』인데, 당시 그리피스는 한국을 방문하지 않은 채 일본인의 이야기를 듣고 이 글을 썼다고 한다.

또한 1919년 고유미와 타마키가 고려장과 비슷한 내용이 담긴 『불효식자』라는 글을 썼는데, 이후 이 책은 1924년 조선총독부가 발행한 조선 동화집 『부모를 버린 사내』로 재출간되었다.

고려장의 진정한 의미는 수증(修證)으로 본다. 『부도지』에는 "수증하기를 열심히 하여 미혹함을 깨끗이 씻어 남김이 없으면 자연히 천성을 되찾을 것이니 노력하고 노력하시오"라는 말이 있다. '수련', '수양', '수신', '수도' 등도 모두 자기 자신을 갈고 닦는 것과 관련된 말이지만, 수증은 자기를 희생하며 갈고 닦아서 증명해야 하니 보통 일은 아닐 것 같다.

우리의 조상들은 어려서부터 수증 활동을 하였다. 이팔은 청춘이라 하여 좋은 때를 의미하는데 나이로는 16세이다. 가까운 조선에만 해도 열여섯이면 신분증. 성명, 출생 신분, 거주지 등이 기록된 호패를 찼다.

이때부터는 장정(壯丁)이라 하였으니 어른이다. 이렇게 어른이 되면 택견, 씨름, 수박(手搏) 등을 갈고 닦았다. 이는 우리 역사 중에 가장 오래된 종교인 단군 시대의 수두와도 관련이 있다. 수두는 사람들이 숲을 만들어 태백산에 살고 있는 광명 신(光明神)을 받들었던 것인데, 신단(神壇)이라는 의미로 해석되고 있다. 즉, 수두는 우리 민족의 철학을 전하고자 하는 행동 양식이자 수련을 통해 이웃과 이롭게 살고자 하는 홍익정신과도 관련이 있다.

환갑이 넘으면 지게 지기도 힘들어진다. 우리 조상들은 반평생 이상 논 매고 거름이 모자라면 풋나무로 거름을 하고 땔나무까지 하고, 오곡을 거두어들이고 타작을 하는 고된 노동을 하던 부모가 환갑이 되면, 자식 키우느라 고생하고 오래 사셨다고 하여 잔치를 열어드린 뒤 집 근처의 조용한 아름다운 산과 골짜기의 명소를 찾아 별서 또는 움막을 짓은 뒤 그 안에 책과 밑반찬을 해드리는 풍습이 있었다. 명산과 명수를 감상하시면서 책을 읽고, 또 인생의 경험을 다시 책으로 남길 수 있는 수중의 활동을 독려한 것이다. 그것이 고려장으로 변한 것이 아닌가 생각된다.

지켜야 할 농촌

농촌에 살고 싶냐고 물으면 대체로 의견이 양분된다. 우선 농사가 징그러워서 아예 생각도 하기 싫다는 사람도 있고, 고생은 되지만 자연과 함께 살아야 한다고 답하는 사람도 있다. 하지만 농촌에 사는 사람이나 귀농한 사람이나 미래를 걱정하지 않고 사는 사람은 별로 없다.

이유는 단순하다. 농촌에 살면 돈벌이가 힘들다. 그러다 보니 교육이든 문화적 삶이건 제대로 누리기 힘들다. 아이 울음소리도 끊긴 지 오래다.

가옥은 많아도 대부분 노인들만 살고 있다. 내가 사는 장수도 한때는 7만 명이 넘는 인구가 살았지만 현재는 2만 여 명에 불과하다. 주소만 박혀 있는 이들을 빼고, 실제로 살고 있는 인구만 치면 아마 채 2만 명도 안 될 것이다. 게다가 그 중에 60세 이상 노인이 50% 가까이니 모임에 참석하면 50대는 청년에 속한다.

농촌이 이렇게 변한 이유는 당연히 산업의 영향과 사회 전체에 팽배한 성공의 열망 때문이다. 여기서의 성공은 당연히 돈을 의미한다. 하지만 산업과 곡물 수출입이 자유화되고 있는 지금도 농촌은 우리를 먹여 살릴 최후의 요람이자 자연과 환경 문제를 해결할 수 있는 열쇠다. 인류의 문명은 바로 이 산과 바다와 농촌에서 시작되어 수 천년 동안 영위되어왔다. 즉 농촌이 지닌 가치는 돈 이상의 것이다. 그럼에도 현재 농촌의 삶은 도무지 나아질 것 같아 보이지 않는다.

귀농부터 이야기해보자. 농촌 인구가 빠져나간 자리에 도시인들이 찾아오는 건 인구 수를 채우는 이상의 가치가 있다. 그들이 경험한 생활과 지식과 기능을 농촌에 적용할 수 있기 때문이다.

즉 도시 생활에 싫증이 났거나 개인의 독특한 생각 때문이거나, 여타 개인 사정으로 인한 것이라거나, 어떤 이유로건 귀농은 환영하고 반가이 맞이할 일이다. 다만 현재의 귀농 개념은 성공만큼 실패도 많이 불러들인다. 따라서 귀농도 그에 걸맞은 철저한 준비가 필요하다.

첫째, 귀농 지역을 선정할 때 그 지역의 지리적 조건과 토양, 기후, 역사, 문화 등에 대한 철저한 정보를 입수하고 분석해야 한다. 지역마다 특산물이나 환경에 차이가 있기 때문이다.

예를 들어 해발 500m 이상의 지역은 여름에는 시원하지만 겨울에는 평소 도시인들은 경험 못했을 정도로 추워서 난방비가 많이 들어간다. 낮과 밤의 기온차도 심하다. 그러나 농작물 수확량은 적어도 그 맛과 질은 우수하다. 또한 귀농을 준비한다면 토질도 신경 써야 한다. 작물에 영향을 미칠 만큼 점토질인지, 잔돌이 많은 곳인지, 농약(특히 제초제)을 평소 얼마나 사용한 토지인지도 확인할 필요가 있다. 또한 농사만 지을 것인지 아니면 다른 직업과 병행할 수 있을지도 생각해야 한다. 농사 외에 각종 사회단체나 농협, 농업과 관련된 곳에서 일할 수 있는 경우도 있지만, 수입은 도시의 절반이나 1/3로 보는 것이 좋다. 또한 농사를 짓는다고 처음부터 유기농을 생각하면 힘들다.

우선 친환경 농사를 짓다가 유통이 안정되면 유기농 쪽으로 전환해야 한다. 더군다나 농사는 아무리 기계가 발달했다 해도 쉽지만은 않다. 기계를 사용하자니 환경 문제나 비용이 걸리고 사람 손으로 하자니 육체노동과 시간 소요가 많아 고통스럽기 때문이다. 뿐만 아니라 아직은 유기농 농산물의 판매도 생각처럼 쉽지만은 않다.

또한 귀농하면 집부터 지으려는 사람들이 있는데, 이것도 문제다. 시골에서도 새 집을 지을 때 보통 1억 원 정도의 비용이 든다. 그러나 시골에서는 집을 짓는 순간부터 손해다.

시골 부동산 가격은 집을 짓는 값을 대신하지 못하며, 난방비도 무시하지 못한다.

따라서 살고자 한다면 빈집을 수리해 전통적 가치를 유지하며 살거나, 헌 집을 사거나, 부득이 새로 짓겠다면 전통 가옥과 현대생활을 응용할 수 있는 새로운 설계를 마련하는 것이 좋지만 설계 또한 드문 만큼 아직은 개인이 연구할 수밖에 없다.

또한 농사를 지을 만한 땅도 문제다. 귀농은 대부분 많은 땅을 필요로 하지는 않지만, 구입해야 한다면 땅값도 만만치 않다. 그뿐이겠는가? 농기계라도 몇 대 구입하려면 기본적인 필요 비용만 2억을 넘을 수 있다. 문제는 2억을 투자해 2억의 가치를 건질 수 있느냐는 것이다. 지금으로서는 "없다"가 정답이다.

따라서 귀농을 원한다면 집을 사거나 빈집을 수리하는 정도가 좋고 농사에 필요한 땅도 가급적 기본적인 것만 매입하고, 나머지는 임대를 생각하는 것이 좋다. 또한 기계도 최소의 것만을 구입하거나 임대하여 3년 정도를 살아보고 최종 결정하는 것이 바람직할 것이다. 외지인을 받아들이는 시골 인심도 만만하지만은 않기 때문이다.

또한 도시 생활에서 얻은 사회적 경험을 훌륭히 사용하려면 그 지역만 생산할 수 있는 차별화된 농작물 생산과 가공이 가능한지도 염두에 두어야 한다. 즉 평범한 1차 농산물은 수입 개방이 존속

되는 한 가격 경쟁을 피할 수 없는 만큼 새로운 부가가치를 향한 연구가 반드시 필요한데, 나만의 기술이 집약된, 또는 그 지역만 생산할 수 있는 차별화된 농작물을 생산하려면 해당 지역에 대한 농업 역사나 문화부터 공부해야 한다는 뜻이다.

실제로 수천 년 동안 선조들이 경험한 특작물이 미처 발견되지 못해 묻혀 있는 경우도 있고, 새로운 작물을 개발하게 되는 경우도 있기 때문이다. 현재 농촌에서는 비용과 인재가 부족해 이 부분이 아주 취약하다.

또한 앞으로는 많은 것이 달라질 것으로 보인다. 도시와 농촌을 연결하는 소규모 교류 사업이 활성화될 것이고, 인터넷을 통한 정보 교류와 식품 판매가 용이해지고 농촌 사회를 통한 교육과 체험도 가능해질 것이다.

이때 환경과 자연 면에서는 시멘트 건물, 조립식 건물 같은 인위적이고 일시적인 비자연적인 것들은 피해야 한다. 귀농한 사람들 중에 환경을 보호해야 한다면서도 정작 자신들이 사는 곳은 친자연적이지 못한 경우가 종종 있다. 따라서 농촌, 생산, 판매, 역사, 문화, 예술, 교육, 철학 등 보다 철저한 귀농 교육 체계가 필요하다. 만일 이런 준비가 한층 성숙된다면 농업도 3차 산업으로 발전할 가능성이 충분히 높다. 따라서 각자의 지역을 차별화하고 전통문화의 정신을 팔 수 있는 머리를 써야 한다.

다음은 정부의 농업 정책이다. 물론 농촌의 문제를 파악하고 농촌을 살리기 위한 다각적인 노력을 펼치고 있는 것에는 감사할 일

이다. 현재 정부는 농촌 종합개발사업에 100억 원, 산촌종합개발사
업에 2~30억 원, 아름다운 마을 가꾸기 사업에 20억 원, 녹색농촌,
정보화마을, 건강마을 가꾸기 등에 각각 2억 원 정도를 투자하고
있으며, 이런 사업 분야가 전국적으로 1,000여 개에 달한다. 또한
정부와 지자체 능력에 따라 각 분야별 사업에 많은 비용을 투자하
고 있다. 그런데도 이상한 점이 있다. 막상 농촌은 별로 발전하고
있다는 생각이 들지 않는다는 것이다.

상황이 이러니 과연 정부가 농촌의 진정한 가치를 알고 시작한
일일까 의문이 들지 않을 수 없다. 의식주에서 예를 들어보자. 가
장 한국적인 것이 가장 세계적이라는 말에 진심으로 공감한다면
동물원 같은 '민속촌'을 대신할 것을 우리 농촌에 투자해야 한다.
그럼에도 정부 시책 방향은 반대다.

편리하고도 우리의 멋을 살릴 수 있는 한복은 팽개치고, 개선의
노력없이 무작정 초가집을 허물고, 김치 같은 발효식품의 위상은
어떤 창조적 개선도 없이 그 자리에 머물고 있다. 수입 개방 문제
로 힘든 농촌이 지역 특색에 맞는 특허상품을 개발하고 이를 교육
과 연계해야 하는데, 반대로 의식주에서부터 완전한 서구화가 농
촌까지 지배해가고 있는 실정이다.

나눠주기 형태의 지원도 성공을 어렵게 한다. 많은 마을을 가꾸
려는 욕심 대신 한 마을이라도 온전하게, 제대로, 개발하는 편이 훨
씬 효율적이다. 자타가 충분히 성공을 인정한 뒤에 다음 마을로 옮
겨가도 될 텐데 현실은 그렇지 않다. 물고기 한 마리 쉬어갈 공간

도 없이 말끔하고 닦아버린 하천, 아스팔트를 낸 도로는 시골길을 7~80km로 달리게 만든다. 또한 교육 체험장을 짓는다고 마을의 강사도 준비되어 있지 않은 상황에서 2층 3층짜리 현대식 건물을 지어 놓는다.

이게 과연 진정으로 한국적인 농촌 마을을 가꾸는 사업인지는 모르겠지만, 대부분의 마을 사업은 그 수준에서 높지 않다. 다시 말하자면 마지막 남은 자연의 농촌에, 농촌다운 개발이 아니라 도시다운 농촌을 건설하고 있는 형국이다. 오죽하면 황토에 시멘트나 화합물을 섞어 바를까? 반드시 그래야만 현대적 가치가 있는 것일까? 자연과 더불어 사는 철학을 실천했던 우리 선조들의 가르침이 무색한 상황이다.

나아가 검증되지 않은 기능성 쌀이나 황토 먹인 소, 인삼 먹인 포도 같은 것들도 얄팍한 상술처럼 느껴진다. 기능성 농산물에 대해서도 보다 깊고 신중한 연구가 필요하다. 소를 예로 들면, 예로부터 소는 기르거나 키우는 것이지 생산하는 것이 아니었다.

그런데 요즘은 좁은 공간에 잔뜩 들여 놓고 키우니 냄새가 코를 찔러도 상관하지 않는다. 간섭하는 사람 없는, 수십, 수백 마리가 죽을 날만 기다리는 '소 공장' 과 다름없다.

소가 뭘 먹으면 육질이 좋을지, 가장 한국적인 먹이는 무엇인지, 그 먹이는 우리 들녘에서 저렴하게 확보할 수 없는지, 사료를 지역 특성에 맞게 만들 수는 없는지, 소를 예전처럼 기르거나 키울 수 있는 최소한의 공간 개념을 살리는 방법은 없는지, 그리고 그것을 현장에 적용할 수는 없는지 진심으로 궁금한 생각이 들지 않을 수 없다.

소가 지니고 있는 문화적인 의미도 마찬가지다. "소 같이 일만 하고"라는 말이 있다. 요령도 주변머리도 없지만 묵묵히 일하는 것을 의미한다. 또한 "소 같은 사람"은 앞세워 일하는 우직한 소의 상징을 이야기한다. 나아가 소가 겸손히 고개를 숙이는 형상은 힘차게 나아가는 전진을 의미하는 동시에 우두머리를 상징한다. 소머리를 우두머리로 보는 것도 그래서다.[15]

수메르 문명과 우리 문화의 동질성이 여기서도 한 번 더 확인된다. 수메르의 신전에는 소머리가 우상처럼 벽면에 장식되어 있기 때문이다. 그런 면에서 우리의 소머리 국밥은 단순히 소머리를 삶은 국밥이 아닌 음식 중 최고로서의 국밥으로 이해할 수 있다. 이런 면이 또한 소머리 국밥을 특화시킬 수 있는 좋은 원천이 된다.

조선시대까지 사람들은 농사의 신 신농씨에게 소를 바쳐 제사를 지냈고 1940년대까지만 해도 '신농씨 그림'이나 '신농유업(神農遺業)'이라고 쓴 기(旗)를 활용해 두레에 사용했다. 신농씨에게 제사를 지내던 곳은 선농단(先農壇)[16]이라 했는데, 임금이 직접 제사를 지내고 백성과 함께 국을 끓여 먹었다.

이 잔치는 '음복' 즉, '한솥밥'이라는 의미를 가졌으며, 이때 먹은 국을 '선농탕(국)'이라 했는데, 그것이 지금의 설렁탕이 되었

---

15) 박문기, 「새전북신문/오피니언」11, 2008. 12. 8
16) 배도식, 「민속학 연구 제2호/소에 얽힌 민속」, (국립민속박물관, 1995). 선농단의 제사는 1909년까지 이어졌었고, 서울 홍인지문 밖 제기동에 그 터가 보존되고 있다.

다.[17] 즉 농경 시대의 소는 농사를 짓기 위해서 필요한 이상으로 귀중한 재산으로서 나아가 잔치나 신앙의 대상이 되기도 했다.

당시 했던 소 놀이 굿, 소싸움 놀이는 현재까지도 이어지고 있다. 불교에서 심우도(尋牛圖)는 불교의 진리를 깨닫는 득도의 상징이다. 이런 면을 종합해서 보면 현재의 소는 그 이름 하나만으로도 먹거리와 건강, 관광, 교육, 환경, 서비스, 회귀 등이 차별화된 지역적 특성과 함께 종합적으로 고려될 수 있는 대상이다.

---

17) 이규태, 『한국학 에세이1』, (신원문화사, 1995), 84쪽.

3

우리 소리에 깃들어 있는 영혼의 노래

우리 소리가 들려주는 이야기들

태초에 문자보다 소리가 먼저였다. 『부도지』에서는 "천부를 만들어 선천을 계승하였다. 성 중의 사방에 네 명의 천인이 있어 관(管)을 쌓아 놓고 음(音)을 만드니…"라는 기록이 있다. 『부도지』에서 '려' 는 천녀를, '율' 은 천인을 말하고 '율려' 는 성(聲)과 음이라고 했다. 지금은 이것이 가락을 의미하는 것으로 이해되고 있지만, 천지창조의 근원으로 보는 것이 맞다. 율려는 후에 오음칠조가 된다. 또한 "오직 8려(呂)의 음(音)만이[18] 하늘에서 들려오니… 마고대성과 마고[19] 또한 이 음에서 나왔다… 궁희와 소희에게 오음칠조[20](五音七調)를 맡게 하였다" 는 글귀도 있다.

---

18) 확실하지 않다. 8음은 악기를 만드는 중심으로 금, 석, 사, 죽, 포, 토, 초, 목을 가리키기도 한다.
19) 마고는 여성이며 8려의 음도 여성이다.

『한단고기』의 「단군세기」에서도 "무술28년(기원 전 1583년) 구한의 여러 한(汗)들이 영고탑(寧古塔)[21]에 모여 삼신과 상제에게 제사 지냈으니 한인, 한웅, 치우 및 단군왕검을 모셨다. 닷새 동안 백성과 크게 연회를 베풀고 불을 밝혀 밤을 지새우며, 경을 외우고 마당밟기를 하였다. 한쪽은 횃불을 나란히 하고 또 한쪽은 둥글게 모여서 춤을 추며 애한(愛桓)의 노래를 불렀다. 애한의 노래는 다음과 같다"는 글귀와 함께 다음의 노래가 적혀 있다.

산에는 꽃이 있네. 산에는 꽃이 피네.
지난해 만 그루 심고 올해 또 만 그루 심었지
불함산에[22] 봄이 오면 온 산에 붉은 빛
천신을 섬기고 태평을 즐긴다네.

『삼국지』「위지 동이전」에는 동이족과 관련해 다음과 같은 내용이 있다. "무리를 지어 노래하며 술 마시기를 밤낮 쉴 새 없이 한다. 그 춤은 수 십 인이 함께 일어나 서로 따르며 땅을 구르며 몸을 낮췄다 높였다 하며 손발이 서로 장단을 맞춘다 … 시월 농사일이 끝나면 역시 이렇게 한다 … 소도[23]라는 곳이 있는데, 큰 나무를 세우고 방울 북을 매어 달고 신을 섬긴다. 모든 도망자가 그 속에 들

---

20) 확실하게 알 수 없으나 우리나라에는 삼음계, 오음계(궁상각치우), 7음계가 있었고, 「악학궤범(1493년, 성종 때 편찬한 음악이론서)」에는 평면조와 계면조에 각각 7조가 있다.
21) 만주 길림성 명안현에 있다. 영고득, 영고대라고도 한다. 발해시 오경(五京)의 하나로 발해 유물의 보고다.
22) 백두산이라고도 하나 하르빈 남쪽의 완달산이라고도 한다.
23) 하늘에 제사 지내던 신성한 곳.

어가면 돌려주지 않는다.”

또한 『후한서』「동이열전」에서도 “동이(東夷)는 거의 모두 토착민으로서, 술 마시고 노래하며, 춤추기를 좋아하고, 변을 쓰거나 금(錦)으로 만든 옷을 입었다”라고 했다.

몇 가지 기록의 예를 들었지만, 경을 외웠다는 것에서 우리 민족이 사상이나 철학을 중심으로 춤과 노래를 즐거했다는 걸 알 수 있다. 관을 쌓아놓았다는 글귀에서는 악기를 사용했음을 알 수 있고, 마당 밟기에서는 풍물이 연상된다. 또한 『부도지』의 글귀를 통해서는 우리 민족 최초의 지도자가 여성이었고, 여성의 음으로 천지창조가 시작되었다는 것을 알 수 있으며, 소도라는 신성한 곳에서 제사를 지냈고 이때 하늘의 소리라는 방울과 북이 사용되었으며, 횃불을 들고 전체가 모여 둥글게 춤을 춘 것은 강강수월래가, 몸을 낮췄다 높였다 하는 것에서는 아리랑 춤이 떠오른다. 또한 지금의 애국가와 비슷한 애한 노래에서는 민족이 같이 부르는 노래가 있었음을 알 수 있고 불함산 즉, ‘밝’ 사상이 역시 등장하고 있다는 것을 알 수 있다.

일부 역사가들은 이런 사실을 근거 없는 이야기라고 주장하지만, 누군가 이렇게 기록으로 남긴 것만으로도 그것이 우리의 지금과 연결되어 있음이 확인되는데 과연 귀하게 여기지 않을 수 있겠는가?

지금이야 달라졌지만 몇 십 년 전만 해도 시골은 차가 없어서 사람이 큰 소리를 내면 5리 밖에서도 들렸다. 또한 논 매는 소리, 못

줄 넘기는 소리, 밭 매는 소리, 나무하는 소리, 소와 말을 모는 소리
처럼 자연과 어울리는 정겨운 소리가 많았다. 비록 음악적이지는
않을지 몰라도 이야말로 자연과 어우러져 흘러나오는 진정한 소리
일 것이다. 하늘을 닮은 삶의 소리인 것이다. 아직도 장수 지역에
는 회갑 때 부르는 소리가 있다.

> 얼씨고나 좋을씨-고
> 오-널-널로 경사로다.
> 이 때 저 때 어느으 땡가아
> 우리 부모의 생시때라
> 한 잔 먹-고 두 잔 들어-
> 삼시석잔 들고 나니
> 주전자 끄니 낭간하네[24]
> 우리 형제덜 모-인 지메[25]
> 꽃-노래나 지어볼까
> 봉얼 봉얼 봉숭아 꽃언 제상 앞으로 휘어들고
> 우글 우글 호박-꽃-은 담 너므로 휘어 든다
> 쓰지못-할 명아 꽃은 후타리[26] 가지로 휘어 들고
> 쓰지못할 해바라기 해만 안고 해로 하오
> 쓰지나 못할 버들가지 물살만 안고오서 춤만 추네.

24) 가볍다.
25) 김에.
26) 울타리.

얼씨구 좋네 절씨구 좋아아 오늘날로 경사로다[27]

문맹을 깨우치고자 하는 자작곡 노래도 있다.

활발하고 용감한 우리 농군들

학교 못 간다고 서러 마라

낮에는 피땀 흘려 일을 하면서

밤에로 열심히 공부하여서

놀면서 글을 익는 사람들보다

씩씩한 나라일꾼 되여 봅시다.[28]

또 이완용을 비판하는 노래도 있다.

일품재상 이완용아

이군불사를 못할망정

삼천리(우리)강산을

사천만언에 도매하여

오작교수[29]가 되었느냐

육조판서 조선간정

칠조언약을[30] 니가내야 허허-어

---

27) 이승호(남, 77세), 장수군 천천면 월곡리 박곡마을, 2008. 7. 9.
28) 이승호(남, 77세). 그 시대의 흐름을 담았다. 어려운 시대의 자작곡은 특이한 현상이다.
29) 사람을 죽여 시체를 맞추는 일(사람)로 추측 함.
30) 이완용이 마음대로 한 언약으로 추측된다.

팔도인민이 소동이라

구중궁궐 십부니황실

만만세 중 니 관사로―오

억조창생 곤란이로다.[31]

판소리, 창극, 육자배기처럼 예술성이 높은 노래가 있는가 하면, 농사 지으며 부르는 노래, 나라 사랑을 표현한 노래도 있고, 자작곡도 있는 것이다. 판소리의 시조로 불리는 권삼득(權三得)은 순조 때 전라도 완주의 명문 태생인데, 문중을 위해 소리를 버리라는 종용을 받았지만 이를 거절했다. 결국 문중형(門中刑)으로 목숨을 잃을 처지에 놓였으니 그 순간 「춘향가」를 구슬피 불러 문중의 심중을 울리고 감형되어 족보에서만 제해졌다.[32] 우리의 소리는 이처럼 목숨을 걸고 지켜온 민족 정신이었다.

하지만 70년 이후로 서양의 노래와 악기가 퍼져나가면서 동네에서는 우리 노래를 불러도 학교에서는 풍물 대신 '밴드'를, 소리보다는 '가곡'을 배우게 되었다. 지금은 조금 나아져 판소리와 국악을 즐기는 사람도 있긴 하지만 그 역시 소수에 불과하다. 1990년대 초 MBC 방송사에서 전국 지역의 민요를 녹취해서 진행한 '우리의 소리를 찾아서'라는 방송이 반가웠던 이유도 그 때문이다.

물론 그렇다고 모든 민요가 녹취된 것은 아니다. 앞으로도 민요는 점점 더 사라질 것이다. 그 전에 민요들을 채록하고 연구해 우

---

31) 연성의(남, 82세), 장수군 천천면 월곡리 박곡마을, 2008. 7. 9.
32) 이규태, 『개볼 낯이 없다더니』, (장인출판, 1992), 48쪽

리 소리가 새롭게 탄생되기를 바라본다. 판소리도 대중들이 부를
수 있는 창작곡이 많아졌으면 좋겠고, 악기도 쉽게 연주할 수 있는
개량 악기가 창조되고 악기 박물관도 많아지면 좋겠다. 그러나 이
는 개인이나 특정 단체가 하기에는 버거운 일인 만큼 국가적 차원
에서 이루어져야 할 것이다.

애국가란 무엇인가

국가(國歌)란 '한 나라의 이상과 정신을 의식 속에 담아 부르는
노래'로서 한 나라를 상징한다. 나아가 애국가는 조금 달라서 '나
라를 사랑하는 내용으로 온 국민이 부르는 노래'다[33]. 즉 국가는
공식성이 있어서 하나만 존재하지만, 애국가는 나라 사랑으로 전
국민이 부르는 노래이니 여러 개일 수 있다. 우리나라만 해도 갑오
개혁 이후 불려진 애국가만 10여 개에 달하는데, 이필균, 전경퇴,
한명원, 유태성, 최병희, 김종섭, 문경호, 이용우의 「애국가」, 새문
안교회 신도들이 지은 「애국가」, 달성 회당예수교인의 「애국가」,
배재학당 학도들의 「애국가」 등으로 대부분 1900년 이전에 지어졌
다. 광무개혁을 진행하던 대한제국 정부가 국가의 1902년 8월 15일
「대한제국 애국가」를 정식으로 제정 공표한 뒤에도 여러 애국가가
창작되었다가, 안익태(1905-1965)의 「애국가」[34]가 1948년 8월 15일
정식으로 채택되어 오늘날까지 이르렀다.[35]

33) 이희승, 『국어대사전』, (민중서관, 1999).
34) 1936년 작곡, 작사는 미상이다.
35) '다음' 백과사전.

 마음으로 세상을 탐하라

가장 오래 된 애국가는 영국의 「신이여 여왕(왕)을 보호하소서」
로서, 이 노래는 1744년 처음 악보로 인쇄된 이후 영국이 국가적 위
기에 맞닥뜨릴 때마다 널리 불러졌는데, 이후 이 선율은 덴마크, 스
웨덴, 스위스, 러시아, 미국, 독일 등에 퍼져나갔다. 그 내용은 다음
과 같다.

1. 신이여 우리 우아한 여왕을 보호하소서.
   고귀한 우리 여왕님의 만수무강하시기를
   신이여 여왕을 보호하소서.
   여왕에게 승리를, 행복과 영광을
   오래도록 우리를 다스리도록
   신이여 여왕을 보호하소서.

2. 우리 주여 일어나소서.
   우리나라의 적을 모조리 해산시키어
   그들이 몰락하게 해주소서.
   그들의 정치를 혼란시키고.
   그들의 부정한 속임수를 꺾으소서.
   우리의 희망은 오로지 당신뿐입니다.
   신이여 우리 모두를 보호하소서.

3. 당신이 선택한 가장 큰 은총을

여왕에게 기꺼이 퍼부어 주소서
여왕이 오래도록 통치하기를
여왕이 우리의 법을 보호하고
우리에게 항상 대의명분을 주시어
감격의 목소리로 노래 부르도록
신이여 영광을 보호하소서.

이 노래는 작곡, 작사가 모두 미상이다. 신에게 기도하는 형태로서 여왕을 보호해 오랜 통치를 기원하는 동시에 적을 몰락하게 하고 자기 나라를 잘되게 해달라는 내용으로서, 로마 제국의 첫 번째 국가인 「황제폐하를 지켜주소서」의 영향을 받은 것으로 알려져 있다. 여기서 미국의 「성조기여 영원하라」도 보자.

1. 오, 저기를 보라. 새벽의 여명 속에 나부끼는
   황혼의 마지막 빛 속에서 우리가 자랑스럽게 환호하는
   성조기의 저 넓은 줄과 별을
   위험한 전투를 뚫고, 저 성벽 위에서 저리도 당당하게
   휘날리는 깃발을
   로켓의 붉은 화염과 공중 속에 터지는 폭탄을 견디고
   밤사이에 우리 깃발이 아직도 건제하다는 증거를
   아직도 나부끼는 저 성조기를 보라
   자유인의 나라와 용감한 자들의 집 위에서

2. 해변, 저 깊은 바다의 물보라를 뚫고 희미하게 보이는
   교만한 적들의 배가 조용히 쉬는 곳.
   저 높은 탑 위를 부는 미풍 속에 보이는 저것은
   무엇인가?
   반은 가리고, 반만 드러난 채 의연히 나부끼는
   이제 깃발은 빛나는 아침 첫 햇살을 맞는다.
   물위에 완전히 떠오른 태양의 영광이 빛난다.
   성조기여 영원히 나부끼리라
   자유인의 나라와 용감한 자들의 집 위에서

3. 오 자유인은 과연 언제 일어나야 할까?
   그들의 소중한 가정이 전쟁의 폐허 속에 처할 위험이
   있을 때
   승리와 평화의 축복 속에 하늘이 구해준 나라
   우리에게 나라를 세우고 보존해 준 군대를 찬양하세
   우리는 정복해야만 하리. "우리의 믿음은 하나님 안에"
   그리고 승리의 성조기는 나부끼리라
   자유인의 나라와 용감한 자들의 집 위에서

미국의 국가는 성조기를 행한 감동과 기독교적 요소가 배치되어
있고, 자유와 조국수호를 강조하지만 군대를 찬양하고 전투, 폭탄,
화염, 정복이라는 단어를 사용하고 있다. 이러한 내용은 캐나다, 프

랑스, 이탈리아, 중국과도 상통한다. 이번에는 프랑스의 「라 마르
세예즈」[36]를 보자.

   1. 일어나라 조국의 아들들이여

     영광의 날이 왔도다.

     우리를 무찌르려고

     독재의 피 묻은 깃발이 올려졌도다.

     들어라 싸움터의 저 함성을

     맹렬한 병사들의

     그들은 곧바로 우리에게 쳐들어온다.

     우리의 아이들과 부인들을 죽이려고

     애국도여. 무장하자.

     대대(大隊)에 지원하자.

     우리 모두 행진하자, 행진하자

     독재자의 더러운 피가 우리 밭고랑을 흐를 때 까지

   2. 성스러운 나라사랑

     우리를 인도하고 복수의 손을 지키소서.

     자유, 소중한 자유여

     당신을 지키는 이들과 함께 싸우리

     우리의 깃발아래, 승리가

---

36) 원래는 「군대를 위한 전투의 노래」였으나 「라 마르세예즈」로 알려지게 되었다.

당신의 굳건한 지휘를 따라
죽어가는 당신 적들이
당신의 승리와 우리의 영광을 보기를
애국도여 무장하자
대대(大隊)에 지원하자.
우리 모두 행진하자, 행진하자
독재자의 더러운 피가 우리 밭고랑을 흐를 때 까지

프랑스의 애국가는 미국보다 전투적이다. 우리의 가족을 죽이려
고 독재자가 몰려오니 군대에 자원하여 무장하자는 내용이다. 뿐
만 아니라 독일의 국가에도 투쟁이 들어 있고, 이탈리아 국가에도
단결해서 국가를 위해 기꺼이 목숨을 바치자는 내용이 포함되어
있다. 일본의 국가는 「기미가요」로서, 가사는 일본에서 가장 오래
된 시가집 『만요슈(万葉集)』에 수록된 시고, 작곡은 히로모리 하야
시(1831-1896)가 했다. 1893년에 공식 채택된 후로 일제 강점기에
는 한국인들도 강제로 부르게 했다. 이 국가는 단순하며 영국의 국
가 「신이여 여왕을 보호하소서」와 유사하다.

당신의 평화스런 통치가 오래 지속되기를
수 천 년 동안 지속하기를
작은 돌이 자라서 큰 바위가 되고
그 바위가 이끼로 덮힐 때까지

중국의 국가는 「의용군 행진곡」이다. 이 곡은 1935년 텐한(1898-1968)이 작사하고, 니에엘(1912-1935)이[37] 곡을 붙였다. 항일 정신이 드러나 있는 전쟁 상황을 노래한 곡이다.

일어나라 노예를 원치 않는 사람들아

우리의 피땀으로 새로운 장성(長城)을 쌓자!

중화민국은 최대의 위기를 맞고 있다.

모두가 긴급한 최후의 함성을 외칠 때마다

일어나라! 일어나라! 일어나라!

우리들 한 마음 한 뜻으로

적의 포화를 무릎 쓰고 전진!

적의 포화를 무릎 쓰고

전진! 전진! 전진! 또 전진![38]

영국, 프랑스, 미국, 중국 등 대부분의 국가들의 애국가는 전쟁 상황에서 만들어졌다. 그 탓에 전쟁으로 얼룩진 우파적 민족주의 개념의 가사가 많다. '한 나라의 이상과 정신을 나타내어 온 국민이 부르는 노래' 와는 왠지 거리가 먼 것이다.

반면 우리의 국가와 북한 국가를 들어보면 부족한 점은 있으나 나라를 생각하는 문화적 소산, 나아가 당시의 사회적 배경, 문화적

---

37) 니에엘은 음악을 무기로 항일전쟁에 나섰던 혁명가이며 24세에 일본에서 객사하였다. 그는 1934~1935년의 2년 동안 37편의 혁명적 노래를 작곡했다.
38) 노영해(한국과학기술원 인문사회과학부 교수), 『세계의 애국가에 관한 연구』.

판단력이 작용하고 있다. 북한은 현재도 휴전 중인 우리의 주적(主敵)으로 규정되어 있지만, 그 국가를 보면 문화적 가치판단 면에서 우리와 유사한 흐름이 있다.

    1. 아침은 빛나라 이 강산 은금에 자원도 가득한
       삼천리 아름다운 내 조국 반만년 오랜 역사에
       찬란한 문화로 자라난 슬기론 인민의 영광
       몸과 맘 다 바쳐 이 조선 길이 받드세

    2. 백두산 기상을 다 안고 근로의 정신을 깃들어
       진리로 뭉쳐진 억센 뜻 온 세계 앞서 나가리
       솟는 힘 노도도 내밀어 인민의 뜻으로 선 나라
       한없이 부강하는 이 조선 길이 빛내세

    북한의 애국가는 박세영 작사, 김원균 작곡으로, 김일성의 지시로 1947년 제정되었다. 이것을 보면, 세계에서 유일하게 폐쇄적인 공산주의 사회를 고집하고 있는 북한임에도 남의 나라를 적 삼아 무차별 무찌르자는 식의 이념이나 편파적 종교 이념을 국가적 노래로 만들지는 않았음을 알게 된다. 마지막으로 우리의 애국가를 살펴보자.

    1. 동해물과 백두산이 마르고 닳도록

하느님이 보우하사 우리나라 만세
(후렴) 무궁화삼천리 화려강산
대한사람 대한으로 길이 보전하세

2. 남산위에 저 소나무 철갑을 두른 듯
바람서리 불변함은 우리 기상일세. (후렴)

3. 가을하늘 공활한데 높고 구름 없이
밝은 달은 우리 가슴 일편단심일세. (후렴)

4. 이 기상과 이 맘으로 충성을 다하여
괴로우나 즐거우나 나라 사랑하세. (후렴)

현재의 우리 애국가도 작곡, 작사와 만들어진 과정에 대해 논란이 많다. 일단 작사자가 명확히 밝혀지지 않았는데 그 이유는 이 애국가는 1890년대 독립협회와 만민공동회가 '애국가 부르기와 제정운동'을 전개하면서 윤치호, 안창호 등을 포함한 그 구성원들이 공동 창작한 것이기 때문이다. 또한 1905년 윤치호가 「찬미가」라는 제목으로 발행한 개신교 찬송가집 제 14장에서는 「애국찬송가」가 있는데, 현재의 애국가의 가사와 같다.[39] 또한 후렴으로 불리는 내용도 1899년 기독교계 고등학교인 배제학당에서 공식행사 때

---

39) 마르고→말으고, 닳도록→달토록, 보우하사→보호하사, 우리나라만세→우리대한만세, 위에→우헤, 바람서리→바람이슬, 맑고 구름 없이→구름 업시 눕고 등이 다르다. 곡은 「올드 랭 사인/Auld Lang Sinc」이었다.

불리던 「무궁화 노래」 후렴과 같다.

이처럼 당시 개신교의 사람들은 교회를 통해 애국 활동을 했고, 결국 현재의 애국가는 교회에서 애국하며 부르던 노래를 조합해 만든 것으로 기독교적인 성격이 강해 국가를 대표한다고 볼 수 없다고도 해석된다. 또한 가사 전체 내용도 민족의 철학이나 정신을 표현한다기보다는 패배주의나 감상적인 전개 일색이라는 지적, 선율도 우리 것이 아닌 서양 찬송가의 약강 약강의 리듬 구조를 따른 데다 불가리아의 민요를 모방했다는 지적도 있다.[40]

그러나 우리 애국가는 외국의 경우와 비교하면, 적대적이지 않고 민족 정서를 어느 정도 포함시킨 것은 분명하다. 다만 우리 고유의 철학이나 역사, 문화의 형태, 미래의 가치, 세계와의 소통 등이 온전히 담겨 있지 않아 세계적으로 자랑할 만하거나 모범이 되는 수준은 아닐 것이다.

2025년 쯤이면 통일이 가능하다고 보는 견해가 있다. 그때쯤이면 현재까지 축적된 자료만 올바르게 정립해도 세계적으로 자랑할 만한 애국가가 탄생할 수 있지 않을까?

그러나 우리의 정체성을 올바르게 표현할 만한 사람이 과연 그때도 존재하고 있을지 걱정이다.

---

40) 노영해, 앞의 논문.

4

우리 문자와 예술의 숨겨진 힘

우리글이 지르는 비명

사람들에게 우리글을 누가 만들었냐고 물으면 당연히 세종대왕을 든다. 그것은 틀림없는 사실이다. 그러나 우리말이 애초에 세종대왕과 그를 따르는 집현전 학자들에 의해서만 만들어졌다고는 보기는 어렵다. 왜냐하면 이미 수 천 년의 세월 동안 우리의 소리와 문자가 있었던 만큼 이것이 어느 날 갑자기 만들어진 것일 리 없기 때문이다.

따라서 우리글은 사실상 오랜 세월 동안 축적된 소양과 다른 문자를 바탕으로 만들어졌다는 견해가 타당하다. 그렇다면 그 시대 이전에는 과연 어떤 글이 존재했을까?

'물론 한글이 있으면 됐지 뭐가 더 필요한가?' 물으면 할 말은 없다. 하지만 우리 것의 뿌리를 아는 일은 미래를 새롭게 창출할 근거가 된다. 예를 들어 뜻이 중복되지 않는 단어도 개발할 수 있고, 한글을 민족의 특수성과 함께 널리 보급할 수도 있다.

상고사에 등장하는 중국인 하렝벤주의 시작은 동이족인 우리 민족과 같다. 북방의 흉노(선비, 돌궐), 거란, 몽골, 여진 등도 중국의 동북방에서 활약했던 같은 민족일 가능성이 크다. 하지만 아직은 주장일 뿐, 그 근거가 체계적으로 밝혀진 것은 아니다.

2008년 11월 22일, 29일 KBS1에서 방영한 『역사추적』을 보면, 신라를 세운 사람은 박혁거세가 아닌 흉노족의 김일제일 가능성이 높은 것으로 밝혀졌다. 삼국사기가 신라의 태조를 박혁거세로 명시하고 있고 우리도 그렇게 배워왔으나, 삼국을 통일한 문무왕릉의 비문은 신라의 태조를 성한왕이라고 기록하고 있으며, 문무왕의 동생인 김인문의 묘비에도 같은 내용이 적혀 있다는 것이다. 이 성한왕은 김일제일 가능성이 높고, 실존 인물인 흉노의 태자 투후와 동일인물인 것으로 추정된다. 또한 '기마인물형 토기', 청동 솥인 '동복' 등 당시 사용되었던 유적도 같은 뿌리에서 나온 것임이 증명되었다. 그런가 하면 금석학에 남다른 조예가 있었던 추사 선생도 『해동비고』에서 성한왕은 김알지라는 추정을 한 바 있다.

서양에서는 만리장성을 세우고 로마 제국을 멸망시킨 이 흉노족을 훈족이라 부르는데 흉노가 훈족이라는 것은 많이 알려져 있지만 아직은 명확하지 않다고 한다. 나아가 훈족은 투르크족이며, 투

---

41) 정연규, 『언어로 풀어보는 한민족의 뿌리와 역사』, (서울 : 한국문화사, 1997).

르크가 세운 나라가 터키와 헝가리다.[41] 터키가 우리를 형제라고 부르는 것도 같은 흉노족의 뿌리를 가지고 있기 때문으로 보인다.

나아가 정연규 교수도 터키, 몽골, 만주·퉁그스족 한족(桓族)이 우랄 알타이 산맥의 같은 언어 문화권이었다고 밝힌 바 있다. 그렇다면 우리 언어의 역사적 범위도 천산산맥, 알타이산맥, 시베리아 권에서 출발한다고 볼 수 있다. 이에 대해 정연규 교수는 인도의 드라비디어 족인 타밀어에는 너, 나, 돌다, 먹다, 칼, 비, 나무 등의 발음이 유사하고, 수메르 문명에서 수메르는 소머리, 즉 속말리(粟末里)의 전음이라고 추측하며, 씨름이나 각종 기록 면에서 수메르 문명과 한국(桓國)의 뿌리가 같다고 보았다. 또한 북미의 인디언 족에서도 암각화의 형상을 분석하는 과정에서 그들이 『천부경』의 원리를 사용했다는 점을 들어 같은 언어 문화권으로 추측하였고, 최근 중남미의 언어권을 조사한 배제대 송성태 교수의 논문도 아즈텍과 잉카 문명이 우리 조상의 것이었다고 말하고 있다.

이 관점은 몇 가지 언어의 뿌리를 통해 더 흥미롭게 펼쳐진다. 정연규 교수는 '환(桓)'은 해이고, 해(태양)는 '희다'에서 환으로 된 것이며, 이것이 퉁구스의 방언 'hiwn(태양)'과 같은 어원이라는 걸 밝혔다. 또한 배달은 '밝'이며, '붉'이고, 퉁구스의 방언인 'polahin(명백)'과 터키의 'bulan' 등과 대응된다고 했다. 여기에서 환웅을 일명 배달의 거발환(居發桓)이라 하는데, 그 뜻은 '크고 밝으며 환히 빛나는 사람'이라고 판독할 수 있다. 한인이 세운 파나류(波奈留)도 '밝은 나라'라는 뜻이다. 또한 '비리'는 벌이고, '아이사타'에서 '타'는 산이고, '우루국(虞婁國)'에서의 '우루'는 머리를 뜻하며 혈(穴)은 신당 즉, 서낭당과 같은 의미로서 거주 장소를 뜻한다.[42]

이런 해독 방식은 고대 우리의 뿌리와 말의 원형을 알게 함은 물론 한문과 일본어 및 외래어 혼용이 많은 지금 우리말을 바로 잡기 위한 근원적인 기초 자료가 될 수 있다. 국가가 인정하는 『옛글사전』 또는 『순 우리글 사전』이 편찬되어 어린 후손들에게 사용되어야 할 이유도 그 때문이다.

내가 살고 있는 장수의 마을 이름들은 거의 대부분이 한문으로 쓰여지지만, 실제 사용하는 이름은 다르다. 궁평(弓坪)은 궁뜰, 율평(栗坪)은 밤징이, 사곡(絲谷)은 북실, 호덕(虎德)은 범덕골이다. 이 외에도 우리가 사용하지 않는 순 우리말은 무수히 많다. 수 백 년 동안 중국과 일본에 이어 이제는 미국의 외래어를 많이 사용하는 요즘, 우리라는 주체를 잃고 말까지 잃어간다고 생각하면 가슴이 무너진다.

'가림토'[43]라는 단어를 보면 우리말의 체계를 찾아볼 수 있다. 『한단고기』의 「소도경전본훈」에서는 신시에게는 산목(算木)이 있었고, 치우에게는 1에서 10까지 수의 개념을 의미하는 투전목(鬪佃目)이 있었으며, 단군에게 가림다(加臨多)가 있었다고 한다. 환웅천왕에게는 녹서(鹿書, 鹿圖文)가 있었고, 자부에게는 우서(雨書)가 있었으며, 치우에게는 화서(花書)가 있었고, 복희에게는 용서(龍書)가

---

42) 정연규, 앞의 책.
43) 또는 '가림다'.

있었고 단군에게는 신전(神篆)이 있었다는 기록도 보인다.

여기에서 단군 시절에 사용된 가림토와 신전이 같은 것인지는 불분명하나, 가림토는 38자의 정음으로 지금의 한글과 거의 같다. 그렇다면 우리글은 사슴, 용, 비와, 꽃 등을 활용한 상형문자를 어느 정도 체계화한 가림토 문자에서 나온 것이 아닌가 한다. 또한 전서(篆書)는 모두 중국의 이서가 만든 글자라고 하지만 이미 그 이전에 신전의 전서가 있었고 우리의 『천부경』에 전서로 된 『천부경』이 있으니[44] 한자도 역시 같은 뿌리를 가지고 있는 셈이다.

또한 기원후 700~800년경 한자가 유입되기 전에 존재했다는 일본의 신대문자(神代文字), 즉 아히루 문자도 가림토 문자와 매우 유사하다. 뿐만 아니라 정연규 교수는 몽골어 문자, 만주 문자, 수메르 문자도 한글과 같은 원리라고 언급했다.[45] 또한 영국의 역사학자 존 맨 또한 『알파베타』(2000)에서, 중동 지역에서 발달한 서양 알파벳이 어떻게 고대문명의 언어보다 발전했는지 추적하고 그 결과 "모든 언어가 꿈꾸는 최고 알파벳은 한글"이라고 언급한 바 있다. 한글은 제자원리와 창제의 철학이 담겨 있으며, 만든 사람이 분명한 세계 유일무이한 글이다. 심지어 휴대폰에서 가장 전송이 빠른 글도 한글이다.

한문을 배워야만 유식한 줄 알았던 시절을 지나, 이제는 영어 광풍이 불고 있다. 한글날이나 한글학회는 환영받지 못하고 있으며,

---

44) 고려시대 육은의(토은 정몽주, 목은 이색, 야은 길재, 도은 이숭인, 농은 민안부, 수은 김중한) 중 에 한 분인 농은의 유집에서 발견.
45) 정연규, 앞의 책, 125-136쪽.

우리가 입고 있는 옷이나 휴대품에 한글 문양을 찾아보기 어렵다.

최근 정부의 새주소 작업이 한창이다. 이 또한 선진국의 방식을 도입한 것이다. 비록 필요해서 도입했더라도 부디 이것에 우리의 혼이 실리기를 바란다. 내 마을 이름만이라도 돌이켜 보자. 궁이 있었던 마을이라 궁평이라 하지만 그보다는 궁뜰이 낫고, 밤나무가 많은 마을이라 하여 율평이라 했는데 그보다는 밤징이가 더 어울리지 않는가? 우리글은 지금 비명조차 지를 수 없는 고통 속에 있다.

잘못된 교육이 낳은 잘못된 출세(出世) 의지

배움은 사물의 이치를 깨닫기 위해서다. 사람과 동물이 다른 것도 이 교육을 통해 깨달음의 정신을 얻을 수 있다는 것에서 시작한다. 그런데 요즘의 교육이 과연 깨달음을 주는지는 확신할 수 없다. 예를 들어, 교육과학기술부라는 곳은 교육인적자원부와 과학기술부를 합쳐 만든 것으로 보인다. 물론 작은 정부를 지향하고 핵심을 일구자는 입장은 이해가 간다. 그럼에도 교육을 과학기술로 이해하도록 만드는 명칭에는 거부감이 생긴다.

교육은 백년대계(百年大計)라 할 만큼 백년 뒤를 봐야 한다. 그렇다면 우선시해야 할 부분은 과학이나 기술도, 수치로 계산되는 점수나 평가도 아니다. 과거를 존중하고 현재에 충실하며 미래를 예측해 건전한 생산을 할 수 있는 인성 즉, 사고와 태도, 행동 특성이 우선이다. 우리 사회는 교육열이 높기로 유명하다. 하지만 세계가 존중할 만한 인성을 갖춘 인재가 많다는 말은 들어본 적이 없다.

또한 교육과학기술부라고 하더니 정작 과학기술을 권장하는 모습도 별로 없다. 기초학문이나 녹색혁명과 관련된 연구는 부족하고 저 먼 두바이와 비교하면서 새만금 사업을 구상한다. 앨빈 토플러도 말했던 것처럼 이제 산업은 지나간 역사다. 그보다는 인도나 중국보다 뒤쳐져 있는 약초 연구가 차라리 미래 산업으로 적절해 보인다. 또한 세계 최초의 로켓인 '신기전', 세계 최초의 비행기인 신경준의 '나는 수레', 17세기 정후조의 '나는 배', 갓 난 병아리 암수를 구별하는 한국 사람의 손 감각 등만 봐도 우리의 손기술을 가히 짐작하고도 남음에도 이런 특별한 기능들을 천대하는 일들도 적지 않다.

이왕 이야기가 나왔으니 기능에 대해서도 이야기해보자. 우리나라는 1977년 이후 2002년까지 국제기능올림픽에서 13차례나 종합 우승을 차지한 바 있다. 그러나 국제대회에서 금메달을 딴 선수들조차 정작 돌아오면 불리한 처우와 낮은 임금으로 어려움을 겪는다. 운동선수와 연예인 같은 '스타'와 비교한다면 과연 어느 쪽의 기능이 더 중요할까? 스타는 화려하지만 짧고, 기능은 소박하지만 길다. 즉 기능은 말없이 사회의 중추 역할을 한다. 즉 스타라는 개인에게 지급되는 돈은 예술 정신과 관람 문화의 확대에 투자하는 것이 옳고, 기능 역시 노동이라는 고되 보이는 개념보다는 인간으로서 살아가는 기본적 가치임을 모두가 알아야 한다.

내 소중한 친구 한 사람도 1980년 국제기능올림픽에 출전해 강판을 망치로 두들겨 선형을 잡아가는 타출판금 분야에서 금메달을 땄지만, 지금은 카센터 직원으로 일한다. 만일 이런 이가 수작업의 자동차를 생산하는 데 몰두했다면 자동차 발전의 상징이 될 만한 인재가 되었을 것이다. 나아가 산업적으로도 희귀한 '예술자동차' 인들 못 만들었을까? 최근 공고나 상고를 졸업하고 사회에서 대접 받을 것이라고 생각하는 사람이 줄고 있는 것도 그래서다. 외국인 근로자는 꾸준히 늘고 있는데 실업계 고등학생의 수는 급격히 줄 고 있다. 다들 졸업 후 진로와 삶의 가치를 세우기가 어렵다고 느 끼기 때문이다. [46]이는 값싼 대량 생산은 있지만 진정한 인간의 기 능은 천대받는다는 이야기다.

기능은 예술과도 일맥상통한다. 청자, 백자, 분청을 보라. 그 특성 에 더한 색색의 반상은 가히 예술이라고 할 수 있다. 동관, 강관, 함 석관, 플라스틱관, 납관, 그리고 백색의 호화로운 선과 장치들도 예 술이다. 늘씬하게 빠진 자동차의 선형도 예술이다. 한국적 의식을 가진 자동차의 라인은 과연 없는 걸까? 기능은 반드시 기능으로만 존재하지는 않는다. 거기에서 얼마든지 더 뻗어나가 열매를 맺을 수 있다. 순수한 기능 잔치를 벌이는 기능 예술제는 왜 없는 걸까?

과학기술은 성실한 기능이 기본이다. 그런데 우리 사회는 그 기 본이 뒤틀려 있다. 한강의 기적을 일으킨 것은 농공상업이었다. 현 재도 다를 바 없다. 이는 대량생산의 물질적 기준을 벗어나 전통적

---

46) 안치민, 「실업계고등학교 교육체계 현황 및 발전방안」, (전남대학교 교육대학원, 2006). 1973년 실업계 고등학교 수는 563개교에 428,212명이고 인문계는 452개교에 411,106명이었다. 하지만 2005 실업계 고등학교 수는 713개교에 513,816명이고 인문계는 1,382개교에 1,247,516명이다. 73년에 비해 인문계 학교 수가 300% 불어나는 동안 실업계고등학교 수는 30% 증가에 그쳤다.

가치를 통한 지역 특성의 활용, 자연본위와 정신문화적 가치의 문화산업을 통해 해결될 수 있는 부분이다. 즉 이것은 사회 교육의 문제다.

학교 교육으로 돌아가 보자. 최근 우리는 자식 한둘밖에 없는 가정에서 이 자녀들을 대학, 또는 대학원까지 가르치려고 한다. 30년 전에는 고등학교만 졸업해도 초등학교 교사가 될 수 있었다. 그런데 요즘은 박사 학위를 가지고도 걸맞은 직업을 구하기 여간 어렵지 않다. 만일 한 국가가 교육을 대학으로만 가늠하지 않고 그 기능을 중시 여기려면 그에 걸맞은 인성 계획과 사회가치 계획부터 다시 짜야 한다. 교육과학기술부나 기획예산처야말로 바로 그런 조절 능력이 필요하다. 즉 우리는 지금 상식 수준에도 못 미치는 세상을 살고 있는 것과 다름없다. 지식을 가르치기 이전에 인성을 가르치는 것이야말로 사회 전체를 발전시키는 올바른 집단지성을 키워내는 일이다. 이렇게 길러진 집단지성은 공통적인 판단기준을 설정하는 집단 문화를 배양하고, 이는 곧바로 세계화 또는 '세계와 어울릴 수 있는' 절대적인 기반이 된다.

그럼에도 요즘은 인성이 아닌 점수 위주의 평가가 절대적으로 행해진다. 은행 대출을 보자. 중소기업이 대출을 받으려면 기술이 아닌 신용장과 매출 실적, 담보 등 외부로 드러나는 수치 개념이 가장 먼저 적용된다. 은행들은 해당 기업의 감춰진 능력이나 미래가치 즉, 소프트웨어를 평가할 수 있는 다양한 방법을 모르거나 생각지 않기 때문이다. 회사에서 신입사원을 뽑는 것도 그렇다. 시험을 치르고 면접도 보지만, 사람은 겪어보지 않으면 열 길 속을 모른다. 즉 최소한 몇 달은 단체 생활을 통하여 그 사람의 행동이나 특성을 파악해야 한다.

대학 교육도 마찬가지다. 대학교수는 대부분 유명 대학을 나와 박사 학위를 받고, 유학을 다녀온 사람들이다. 그런데 박사까지 되려면 한 가지만 전문적으로 연구해야 하니 인생의 가치나 사회를 조화롭게 살아가는 방법을 알기 어렵다. 그러니 학생들도 그것을 교수로부터 배우기 어렵다. 더군다나 반절 이상이 시간강사, 겸임, 객원, 대우, 연구교수 등 비정규직 교수로 채워진 요즘 대학은 그 많은 등록금을 받아 어디에 쓰는지 도저히 이해할 수가 없다.[47] 그러다 보니 학생들도 학교를 졸업한 뒤 어렵게 취직을 하고 나서도 사회 공부를 처음부터 다시 시작해야 한다. 또한 미처 준비되지 못한 사회 초년생들은 진로를 바꿀 확률이 높아지게 된다.

그렇다면 인성교육의 첫걸음은 무엇일까? 바로 자연과 땅이다. 내가 서 있는 땅의 가치를 아는 이여야만 사람도 알고 세상도 안다. 어느 초등학교 교사가 학생들과 함께 고구마 농장에 체험을 나왔다. 농장 주인이 고구마 두렁에서 한참 고구마에 대해 설명을 하는데, 교사가 말했다.

"아! 고구마는 어디 있죠?"

그는 고구마 줄기만 보고, 땅 속에 있는 고구마를 몰랐던 것이다. 학생들의 인성은 곧 그 교사의 인성과도 같을 가능성이 높다.

---

47) 2008년 교육기본통계조사에 따르면 대학의 비전임 교원비율이 4년제 일반대학 61%, 전문대학이 73%를 차지한다. 사립대학의 경우 학과별 등록금은 1인당 350에서 1,000만 원 대를 육박한다.

올해 우리 큰 아이가 대학을 졸업했다. 고등학교까지 아이는 성격이 모난 데가 있고, 그만큼 나름의 하고자 하는 고집도 있었다. 그런데 신기한 건 지금껏 담임교사들로부터 진학 상담은 받아보았어도 인성 상담은 받아본 적 없다는 점이다. 요즘 교사들은 가르침에 대한 본질적인 정감이 없다. 그저 직업처럼 느끼는 듯하다. 그들은 오후 4시나 5시면 도시로 퇴근한다. 그러니 시골 학생들은 의지할 곳이 없다. 특히나 요즘 시골은 많은 학생들이 결손가정이다. 이 아이들은 어디로 갈 것인가?

교사는 순수하게 학생들을 위한 선생으로 존재해야 하며, 인성을 가르치고, 삐뚤어진 학생을 위해 조화를 가르치며, 학생들과 정을 붙이는 이여야 한다. 요즘의 들어 체벌 문제나 학교 내 비리 문제도 결국은 이런 기본이 삐뚤어져 생긴 결과다. 즉 교사가 되는 일도, 교육 대학 성적이나 임용고시가 아닌 인성과 철학을 판단하는 시험이 있어야 한다. 서울의 강남구 고등학교를 졸업해서 서울대나 하버드대를 나와 고시에 합격하고 우리나라의 장·차관이나 대통령이 되었다고 과연 그 사람이 진정 성공한 것일까?[48]

진정한 성공은 바른 인성에서 시작한다. 또한 그 인성은 그 기초인 우주와 자연의 철학과 원리를 깨달은 후 펼쳐진다. 태종의 외손자이자 여진을 물리친 조선의 남이장군은 20살 때 다음과 같은 시(北征歌)를 읊었다.

---

48) 장성렬(53세).

백두산 돌은 칼을 갈아 다하고
두만강 물은 말 먹여 없애네.
사나이 스물에 나라를 평정하지 못하면
훗날 그 누가 대장부라 이르리.

근대 조선에서는 16살에 어른이었으니 20살이면 과연 대장부라 할만하다. 오늘날 우리들의 자녀들, 그 대장부들은 어떨지 궁금하다. 고등학교 3학년이 되면 어느 대학을 갈지가 가장 큰 고민이다. 그러나 "나는 어떻게 살 것인가?", 또는 "나의 인생 목표는 무엇인가?", "내가 좋아하는 세상은 어떤 것인가?"를 제대로 알면 대학의 유명세는 그리 중요하지 않다. 돈이나 부가 아니라도 인생의 참맛을 구할 수 있기 때문이다. 가정이나 학교나, 점수를 따지기 전에 부디 그 아이의 인생 가치를 교육하며 대화했으면 좋겠다.

초등학생에게는 자연과 사람과 세상과 노는 방법을 교육하고, 중학생은 자연과 더불어 책을 가까이 하여 창의와 지혜를 교육하며 다양한 사회를 체험하도록 하고, 고등학생은 인생의 가치를 깨달아 "세상은 어떤 것이고 왜 공부해야 하는지", "나의 인생가치와 진로는 어떤 것인지"를 스스로 체험한 후, 판단 능력을 갖도록 한다면 "왜 공부를 해야 하는지", "왜 공부가 필요 없는지", "인생의 진정한 가치는 무엇인지"를 아는 성숙한 인간으로 자랄 수밖에 없다.

그런 후 대학을 졸업 정원제로 바꾼다면 무리한 학원 교육이나 고액 개인과외 자연스럽게 줄어들 것이며, 우수 대학생들을 모집하기 위한 수고와 예산도 불필요해질 것이다. 나아가 돈은 적게 벌더라도 충분히 인생과 철학을 즐기며 살아가는 방법을 체득하는 사람이 많은 사회적 분위기가 마련되어야 한다.

우리는 성공을 곧잘 출세라고 표현한다. 사전을 보면 "사회적으로 높은 지위에 오르거나 유명하게 됨" 또는 "입신하여 훌륭하게 됨" 등으로 기록되어 있고, 우리도 흔히 "공부 열심히 하여 출세해라" 말한다. 하지만 출세의 본래 의미는 다르다. 불교에서는 출세가 속세를 떠나 깨달음의 세계를 지향한다는 의미고, 동양적인 입장에서는 충분히 공부한 인재가 세상의 밝음을 밝히기 위하여 다른 세상 속으로 나아간다는 의미다.

다시 말해 둘 다 현재의 출세의 의미와는 상당히 다르다고 하겠다. 단순히 높은 지위와 유명세, 돈을 벌어 성공한다는 개념은 어디에서도 찾을 수 없으니, 지금의 출세는 많이 변질된 의미인 것이다. 어쨌든 '出' 은 두 개의 산, 즉 산 넘어 산인지라 쉬운 일만은 아닌 것 같다.

친구를 잃은 문방사우

문방사우는 벼루, 붓, 먹, 종이를 서로 친구처럼 여김으로써 붙여진 이름이다. 발견된 유물만 봐도 2천 년 전 것인 만큼 그 역사가 꽤 길다고 볼 수 있는 데다, 단아한 선비를 연상케 하는 만큼 더 소중하고 정감 간다. 또한 인류가 문명을 판단하는 기준은 기록에 있는 것이니 이른바 시원 예술이라 불리는 서예나 문방사우는 특별한 가치가 있었다.

하지만 이 문방사우는 불과 몇 십 년 사이 컴퓨터, 만년필, 볼펜, 연필 등이 등장하면서 용도가 줄어드는 것을 넘어 이제는 만드는 사람도 그 수가 급격히 줄었다.[49] 지금은 먹물을 통에 넣어 팔아서 붓 잡는 사람들은 아주 편할지 몰라도 장인들은 설 곳이 없다.

그러나 이 먹물도 먹물 나름이다. 먹을 물에 타서 제작하다 보면 썩지 않게 하기 위하여 방부제를 타지 않을 수 없는데, 이 방부제는 족제비, 토끼, 양 등의 털로 만든 모필과 만나면 털을 상하게 한다. 게다가 먹색도 마음대로 조절할 수 없고, 무엇보다 글을 쓰기 전에 먹을 갈며 마음을 다스리는 시간을 누릴 수 없다.

문방사우 중에 벼루는 제일 무게가 육중한 것으로 기본이 되고 대를 이어 보관하기도 한다. 재질은 돌, 쇠(청동), 흙, 고운 망으로 얻어지는 바다의 갯벌 흙인 징니, 나무 등으로 만드는데 그 중에 제일은 역시 돌로 만든 벼루로 이것은 보존성이 아주 뛰어나다.

돌은 흔히 화성암과 퇴적암이 있는데 벼룻돌은 주로 퇴적암으로 만든다.

입자가 고운 먹에서 좋은 먹물을 얻으려면 벼룻돌 입자도 가늘고 고와야 하기 때문이다. 퇴적암 중에서도 주로 사용하는 돌은 수성암(shale)이다. 중국의 벼룻돌에 석안(돌의 눈)이 많은 것은 화산

---

49) 무형문화재 형태로 겨우 명맥을 유지하고 있다. 먹장 분야에서는 그마저도 없다.

재가 굳어 생긴 돌이기 때문인데, 우리나라 서해안 벼룻돌은 갯벌이 굳어 만들어진 것으로 주로 청·흑색이다. 하지만 충북 진천이나 강원도 정선에는 붉은색과 녹색 계열의 좋은 돌이 많다. 이 중에 붉은 돌의 경우 색이나 갈림의 정도가 매우 훌륭하다. 그러나 1년 정도 햇빛과 비바람을 직접 쐬면 흙으로 돌아가는 성질이 있어서, 이를 방지하기 위해 표면에 옻칠을 하기도 한다.

벼루의 성능은 짧은 시간에 고운 먹을 얻을 수 있냐는 기능적 조건을 의미하는데, 그런 구조를 갖추려면 작은 망치나 손톱 등으로 돌을 두드렸을 때 맑은 소리가 나야 하고, 손바닥으로 돌을 만졌을 때 습기가 생겨야 한다. 이런 돌은 강도가 높아 오래 쓰며, 물이 마르지 않는 동시에, 봉망이 날카로워 잘 갈린다. 그러나 변성암으로 상당히 진행된 돌은 오히려 경도가 지나쳐 먹이 미끄러지고 갈리지 않게 될 수도 있다.

벼루는 뚜껑이나 몸체에 각종 서체와 문양을 조각해 품위를 유지하며, 뒷면에는 만든 사람의 각인나 재질, 만들게 된 사유 등을 기록해 나름의 족보를 형성해 대물림을 하기도 하는데, 그 만큼 선비들에게 문방사우는 귀중한 친구였다. 문방사우를 사랑했던 추사 김정희는 붓 1000자루와 벼루 밑창을 10개나 구멍을 내면서 학문과 글쓰기에 정진했다. 다만 금석학에 조예가 깊은 추사가 벼루 밑창을 10개나 구멍을 냈다는 건 또 다른 의미로 보여진다. 벼룻돌은 대를 물릴 정도로 단단한데 구멍이 그렇게 많이 났다는 건 필시 무른돌로 만든 벼루를 썼다는 것이고, 이는 그만큼 당대의 문인들이

척박한 환경에서 글을 썼다는 이야기가 된다. 나아가 아무리 좋은 벼루도 잘 사용하는 사람이 없으면 쓸모가 없다. 시대가 달라지고 의식이 달라진 상황에서 벼루장인들의 고심이 깊어가는 것도 그런 이유에서다.

나아가 벼루는 벼루 형태를 만들고 물집을 파 놓으면 '어깨 칼'로 서체나 문양을 각(刻)하고 연마하여 마무리한다. 어깨 칼이란 강한 벼룻돌에 조각을 할 때 쓰는 방식으로 강한 돌에 새기는 작업을 할 때 손아귀의 힘으로는 감당할 수 없어 예전부터 3~40cm의 나무에 칼을 박아 어깨의 힘과 손아귀 힘의 조화로 각을 하는 것을 일컫는다. 이 각을 하는 행위는 판화의 기법과 유사하고 석판화와 닮았다. 나아가 벼루는 탁본을 활용한 예술화도 가능하다.[50] 일반 석판화가 다양한 기법으로 발전해 돌 없이도 다양한 다른 재료와 방법을 통해 사진 찍는 것처럼 정밀함을 갖추기 시작했다면, 벼루는 수 천 년이나 계속된 조각 방법을 지금도 그대로 유지하고 있다. 다행히 벼루는 자연을 멀리하지 않는다.

먹이나 붓도 그렇다. 여전히 먹의 재료는 그을음과 아교이며 붓은 풀, 볏짚, 동물의 털, 칡, 대나무[51] 등 모두 자연물 그대로다. 또한 훼손만 되지 않으면 천년을 간다. 자연물에서 비롯된 이 네 친구가 이토록 오래 살아남을 수 있었다는 사실에 또 한 번 감탄할 수밖에 없다.

---

50) 고태봉, 「서각을 이용한 벼루의 예술화에 관한 연구」, 원광대학교 석사 논문, 2006.
51) 풀 붓(초필), 짚 붓(곡필), 칡 붓(갈필), 대나무 붓(죽필), 털 붓(모필) 등으로 불린다

돌이 벼루장을 만나면
생각을 갈 수 있고
한지라는 밭에
뜻을 일굴 수 있다.

사우(四友)는
생각과 사고와 철학을 갈아
밝은 알을 낳는 친구이니
아름답고,

하늘과 땅과 자연은 꾸밈이 없고
문명은 자연에 거스르지 않으니
비로소 사람들이 평화롭다.

또한 먹이나 붓에도 벼루와 마찬가지로 각을 하기도 한다. 이는 거의 완성된 단계에서 하는데, 각을 하고 연마를 해 전체를 다듬고 나면 하나의 완성된 공예품이 된다. 또한 그 각을 기초로 탁본을 뜨고 다시 서예로 완성하면 공예와 예술 모두가 만족되는 새로운 창작품이 탄생한다. 이 벼루 탁본은 우리 예술의 창작 범위를 넓힐 수 있는 좋은 대상이자 알려지지 않은 우리 문화를 서양에 전파할 수 있는 좋은 꺼리, 자연과 문화를 교육할 수 있는 방법으로도 얼마든지 활용할 수 있다. 고려시대의 학자인 익제 이제현(李齊賢, 1287-

1367)의 글 중에 다음과 같은 내용이 있다.

> "무겁고 단단한 것은 하늘에서 얻은 것이요, 씻어서
> 새롭게 하는 것은 사람에게 매였다."

문방사우의 힘이 느껴지는 한 마디가 아닐 수 없다.

종합 학문 예술로서의 서예

흔히 글씨를 붓으로 쓰는 예술로 알려진 서예는 주로 한국, 중국, 일본에 성행한 것으로 일상적인 학문과 서사, 인쇄 도구로서의 기능은 사라져 지금은 예술로서의 기능만 남아 있는 상황이다. 그래서 서예를 포함한 근저의 예술을 흔히 문자 예술이라고도 하는데, 이는 문자를 통한 예술성을 강조하다 보니 붙여진 이름으로 보인다.

말 그대로 서예는 문자를 근본으로 삼는다. 문자는 문장이며 학문이다. 그러니 학문을 떠나서는 서예라 할 수 없고, 학문이란 본질적으로 펼쳐 보여야 하는 것이니, 결국 서예는 보는 사람들에게 올바른 학문을 증명하는 일이다.

다시 말해 서예란 예술뿐만 아니라 학문을 포함해야 하며, 또한 만인에게 증명해야 하니 서증(書證)이라 해야 한다. 서증이란 우리나라의 수련 행위였던 수증(修證)을 응용한 말인데, 이는 옛날로 완전히 돌아가자는 주장이 아니라, 서예가 가질 수 있는 최소한의 학

문, 즉 자기 철학을 기억하자는 것이다. 실제로 중국에서는 서예를 서법(書法)이라 하고 일본에서는 서도(書道)라 하는데, 우리는 일본에서 부르는 이름보다도 못한 서예라는 이름이 고착되어 있는 것이다.

따라서 지금부터는 서예를 서중으로 표현하도록 하겠다. 우리나라 대학 중에 서중학과가 설치되어 있는 곳은 원광대학교와 대전대학교, 계명대학교, 경기대학교 등 몇 개 되지 않는데, 그나마 사립에만 있다. 이 학과 학생들이 4년 동안 주로 배우는 것은 각 서체의 임서(臨書)다. 임서란 글씨를 보며 따라 쓰는 것이니, 결국 남을 따라하는 것과 같다. 결국 대부분은 자기 글씨가 완성되지 않아 대학원을 다니는데, 대학원을 나와도 겨우 자기 글씨체를 가질까 말까다. 더 걱정스러운 건 대학원까지 나오고도 자기 사상과 철학이 없어서 자기 머리로는 문장 하나, 시 한 줄 쓰지 못하고 남의 시나 문장만 베끼다가 글씨체까지 베껴내는 '글씨쟁이'가 되기 쉽다는 것이다.

예술인은 자연의 표현, 자기 내면을 통해 시대적 과오와 인성 문제를 감지하고 그에 즉시 응답하는 예술적 표현을 내놓음으로써 그것을 바로 잡아간다. 심지어 한국전쟁 당시에도 『소년세계』 (1952/대구), 『신문학』(1951/광주) 등이 발간되었고 한국무용단 (1951. 1. 4)이 조직된 것은 좋은 예라 할 것이다.

다시 말해 서중이나 예술은 어려운 상황일수록 그 가치를 발휘해야 한다. 자기 철학이 없고 설사 있다 해도 문장으로 정리하지 못할 경우 서증은 즉시 그 생명력을 잃게 된다. 이 시대의 서증은 예술의 기능으로 축소되었다는 걸 인정하지만, 그럼에도 그 기본적인 태도마저 가벼이 해서는 안 될 일이다.

실제로 서증이나 사군자는 밑그림이 없다. 그냥 백지 위에 자기 생각이나 그림을 자유롭게 표현하는 것이니 스케치를 그림의 정석으로 알고 있는 서양인들이 보면 놀랄 만하다. 특히 서양의 문화(문자)를 서증으로 그려서 보인다면 더 큰 놀라움을 살 것이다. 그럼에도 아직 많은 서증인들이 자기 철학을 충분히 세우고 발현하지 못하고 있으니 외국에 나가서 서증 활동을 한다 해도 우려가 될 수밖에 없다. 서증 전시도 마찬가지다. 이는 대부분 우리 문자나 한문을 전시하는데, 외국인들은 우리의 글자를 알지 못하니 이해력이 떨어질 것이고, 알아봐야 남의 시나 문장이니 부끄럽지나 않으면 다행이다.

또한 서증은 문자예술이자 보여주는 학문이니 가장 먼저 올바른 인성을 가져야 하는데, 중견 서증가들 중에 문방사우 장인들을 이론으로 누르려 들 때도 있다. 선비입네 양반티 내는 것이라고밖에. 심지어 벼루를 만들다 보면 "내가 ○○서예원장인데"라면서 그냥 하나 얻어가려고 하는 사람조차 있다. 이것이 현실이다.

물론 옛날처럼 서증으로 모든 학문을 공부하는 시대는 지났다. 그럼에도 자기 철학을 습득하고 발현하는 최소한의 기본은 유지되어야 한다. 그 자체만으로도 우리는 우리 스스로뿐 아니라 외국인들도 한국을 깊이 있게 존중하도록 이끌고 그래야만 동시에 서증도 세계로 뻗어나갈 수 있다. 그렇다면 지금부터 그를 뒷받침하는 분야를 이야기해보자.

우선은 문방사우가 있다. 문방사우는 공예, 예술, 조각, 탁본 등으로 넓은 활용이 가능한 만큼 현장 체험과 교육에 흥미로운 소재가 된다. 벼루는 돌에다 긴 칼로 각(刻)을 하는 재미가 있고, 먹은 수제비 주무르듯 반죽하여 찍어내는 재미가 있으며, 붓은 털을 망치로 두들기고 가지런히 정리해 그 자리에서 사용해 볼 수 있는 재미가 있고, 종이는 닥나무를 통해 팽이를 치면서 떠내는 재미가 있다. 물론 모두가 자연물이다. 뿐만 아니라 공예품을 별도로 전시해 작품을 보는 재미가 있고, 탁본을 연계해 서증 체험도 할 수 있다.

아울러 서증 작품과 동시에 밑그림이 없는 서증 작업이 어떤 과정을 통해서 어떻게 탄생하는지를 한눈에 보여줄 수도 있다. 보통 전시장에 나열된 작품의 이름이나 간단한 설명만으로는 느낄 수 없는 감동을 전달할 수 있는 것이다.

작가는 어떤 작품을 만들건 추구하는 정신적인 모태가 있어야 한다. 따라서 전시장 입구에도 그것을 소개할 수 있는 관련 책들을 진열해 평소 생각을 전달할 수 있어야 하며, 작품마다 설명을 곁들여야 한다. 작품 중의 실수나 미흡한 부분까지도 안내자가 숙지해 설명할 수 있도록 해야 한다. 그러고 나서야 비로소 관객에게 가까이 다가가는 작품이 완성된다.

서증은 붓을 들고 종이에 쓰는 작업이니 조용할 수밖에 없고, 그래서 정신 집중이 필요하다. 그럼에도 자기 필체가 완성되어 있다면 음악의 흐름에 따라 속도를 조절하며 쓸 수 있으니, 즉흥시를 영상하고 음악의 선율에 따라 보여줄 수 있는 일종의 퍼포먼스도 가능하다. 나아가 동작에 뜻을 심고 소리와 이야기가 겸비된다면, 새로운 창극이 만들어질 수도 있다.

특히 외국에서의 활동이라면 그 나라의 문화를 재창작해 보여줄 수 있는 또 다른 기회가 탄생할 수 있으며, 특정한 단체나 관객을 대상으로 서중의 전 과정이나 작가의 생각을 이야기할 수 있는 강연도 진행할 수 있다. 다시 말해 서중을 훌륭하게 작업할 수 있는 한 사람이 끼치는 사회적 영향력은 결코 적지 않다. 그리고 이것이 확장된다면 서중을 통한 문화적 교류와 진정한 세계화도 한층 더 가까워질 수 있지 않을까?

시, 서, 화의 합창

현대의 직업은 매우 전문적이고 분업화되어 있다. 그래서 한 분야를 공부하려면 그만큼 오랜 시간과 노력을 투자해야 한다. 한 우물을 파라는 말도 바로 이 전문적인 가치로서의 성공을 의미한다. 그런데 가만히 생각해 보면 이는 극히 기계적이기도 하다.

공학도들에게 널리 알려진 이야기 중에 미국 산업화의 선봉이라는 포드 자동차 이야기가 있다. 당시 포드 자동차는 특정 작업에 대한 한 사람의 동작마다 소요되는 시간을 재서 생산량을 늘리고자 한 적이 있다. 그런데 오히려 생산량이 더 떨어져버렸다. 원인을 분석해보니 직원들이 그 비인간적인 처사에 실망한 탓이었다. 그래서 작업 환경을 개선하고 목표량에 따라 급여를 달리하자 오히려 생산량이 늘었다. 이처럼 인간은 기계로서의 삶이 아닌 인간적인 삶을 원한다. 그럼에도 복잡한 현대 사회는 단순하면서도 기계적으로 전문화된 사람을 원하고 있으니 살아가기가 이렇게 힘든지도 모른다.

유교의 수장인 공자를 보자. 그는 가축 기르는 일을 배우다가 6예(六禮)[52]에 능통했고 특히 역사, 시에 밝았다. 근대의 과학자 갈릴레오는 의학도이자 천문학자, 물리학자, 수학자였다. 서양철학사에 큰 영향을 끼친 아리스토텔레스는 물리, 화학, 생물, 동물, 심리, 정치, 윤리, 문예 이론 등 매우 넓은 분야에서 활동했다. 그는 삼단논법을 통해 유명한 과학자이자 철학자로도 이름을 날렸다.

그뿐인가. 그리스의 철학자로서 서구 문명의 철학적 기반을 다진 소크라테스는 조각 가업을 이어서 했고, 연극에도 자질이 있었으며 자연과학과 수학(특히 연속성의 문제)을 깊이 연구했다.[53] 원자설을 제창한 존 돌턴 또한 초등학교 교사로서 처음으로 색맹을 연구한 화학자이자 물리학자, 기상학자였다. 퀴리 부인 역시 중학교 교사로 교단에 서면서 물리학자, 화학자, 수학자로서 활동했다. 그녀는 방사능을 연구해 노벨상을 두 차례나(물리, 화학) 수상했다.

우리나라도 마찬가지로 이처럼 다재다능한 인물이 많았다. 조선

---

52) 禮, 樂, 射, 御, 書, 數(주대의 교육과목으로 전해지는 6가지의 기예)
53) 박광종, 『세계사 100문100답』, (하서출판사 : 1997), 94쪽. 다만, "악법도 법이다"라는 말의 신뢰성에 대해서는 논란이 있다.

시대를 풍미한 예술가 단원 김홍도는 화가이자 『단원유묵』을 펴낸 문학도이기도 했다. 세종대왕은 두말할 여지없이 한 나라의 왕이자 과학자였으며, 한글을 창제한 학자이기도 했다.

이는 인간에게, 목표 여하에 따라 유사한 분야(또는 전혀 엉뚱한 분야)에서 두세 분야를 전문적으로 공부할 수 있는 능력이 있음을 보여준다. 다시 말해 평생 한 분야만 지나치게 고집하는 것은 훌륭한 전문가일지는 몰라도 자칫 아집이 강해지고 조화를 잃은 기계 같은 인생을 살게 될 수도 있는 것이다.

사실상 21세기 한국에서 가장 조화력을 발휘해야 하는 분야는 정치다. 그런데 불행히도 정치에 기댈 수 있는 상황이 아니니, 그 백성들이라도 튼튼해야 한다. 백성이 튼튼하면 자연스레 그 안에서 훌륭한 정치가와 대통령이 나오며, 너와 나, 우리가 조화력 있는 사회를 구성하면 모든 것은 따라오게 마련이다.

예부터 우리 선비들은 시, 서, 화를 사랑해 이 셋을 분리시킨 적이 없다. 이 셋이 동떨어지기 시작한 건 서양 문화의 영향을 받기 시작한 조선 후기나 근대부터다. 서화동원(書畵同源)이라는 말이 있는데 이는 '글씨와 그림의 근본이 같다'는 의미며, 서여기인(書如其人)은 '글씨는 사람의 학식과 재주와 같은 것이니 사람의 됨됨이와 같다'는 의미다. 결국 글씨와 학문과 그림은 같은 것이며, 그 자체로 사람을 의미한다.

오늘날에도 시와 서, 그림이 떨어지지 않는 소중한 벗으로 남아야 한다. 그것이야말로 서양의 문화와 우리 문화가 다른 점이며, 그

내재된 뜻도 소중하다. 그런 면에서 최근 시와 서는 물론, 그림에도 뜻이 심어져 있음이 널리 알려지고 있는 것은 다행한 일이다. 시나 서는 당연히 뜻이 드러나지만, 추상화가 아니면 그림에 뜻을 담아 그린다는 것을 생각지 못하는 경우가 많았기 때문이다. 그러나 우리네 선조들은 당연히 그림을 그릴 때 뜻을 담아 그렸다.

조용진 교수의 『동양화 읽는 법』을 통해 몇 가지 살펴보자. 일지(一池) 유지원(柳智元)의 화실에는 다음과 같은 글이 있었다. ‘一池 讀畵之實’ 즉 ‘일지라는 화가가 그림을 읽는 방’ 이라는 뜻이다. 소동파가 왕유에게 한 말에도 "왕유의 시에는 그림이 있고, 또한 왕유의 그림에는 시가 있다"고 했다. 이 당시의 그림은 보는 것이 아니라 읽는 것이었다.

북송의 화원에서 인원을 뽑을 때도 마찬가지로 뜻을 중시 여겼다. 지금처럼 정물화나 실기 능력으로 뽑는 것이 아니라 화제(畵題)를 시제로 걸었던 것이다. 예를 들면 "꽃을 밟고 돌아가는 말발굽이 향기롭다.", "나무에 아무도 오는 이 없어 외로운 배만 진종일 누워 있다" 등이 바로 그것이었다.

SBS의 『바람의 나라』에서 고려의 도화원인 도화서의 취재(取才) 출제 문제로 ‘단오풍정(端午風情)’이 나온 적이 있다. 이때 화원(畵員)들이 그걸 보고 얼떨떨해 하던 장면이 기억난다. 그 안에 담긴 깊은 뜻을 어떻게 담을지 난감했을 것이다. 다음은 뜻으로 읽어야 하는 그림의 예들이다.

1.「일로연과(一路連科)」라는 제목의 그림이 있다. 이 그림에는 한 마리의 해오라기(鷺. 왜가리과)와 연(蓮) 열매가 그려져 있다. 이는 발음상 한 마리의 해오라기(一鷺)와 한걸음(一路)이 같고, 연과(蓮菓)와 연속등과(連科)가 같으므로, "한걸음으로 두 번의 과거에 등과한다"는 뜻이다. 만일 두 마리의 해오라기가 그려진다면 두 번 과거를 본다는 뜻이 되므로 의미가 없어진다.

2. 오래 살기를 바라는 마음으로 서증(書證)에서는 목숨 수(壽)를 활용하는데, 1자, 16자 또는 100자를 각각 다르게 쓴다. 1은 양수 중의 극양수요, 6은 음수 중의 극 음수여서, 1과 6이 만나면 음양의 최대 조화를 이루게 된다. 따라서 '이팔은 청춘이요, 거꾸로 하면 환갑'이 되는 것이고, 나아가 '백수(白壽)하라'는 의미가 된다.

3. 난초는 여름에 꽃을 피우고, 귀뚜라미는 가을을 상징한다. 난초와 귀뚜라미가 같이 그려졌다면 이는 '손(孫)'과 유사한 '손(蓀)'이라는 난초를 통해 자손을 보여주고, 귀뚜라미의 '꼭아'는 '관아(官衙)'와 비슷해 "자손이 관아에 들다"는 뜻이 된다.

뿐만 아니라 박쥐를 뜻하는 '복'은 복(福)과 같아 다섯 마리를 그리면 오복(五福)을 의미하고, 고양이는 70세를 의미하며 나비는 80세를 의미하는데, 여기에 참새를 그리면 기쁨을 더하게 된다. 계절에 맞지도 않는 사군자를 한꺼번에 그리면 일 년 내내 계속되는 인

품의 완성을 의미한다. [54]

어디 이뿐이겠는가? 겸재 정선의 「금강전도」는 창조의 원천, 어둠에서 빛, 죽음에서 생명, 즉 태극을 상징하는 그림으로도 유명하다.[55]

동양화의 장점은 역시 여백의 미다. 단원 김홍도의 「송하맹호도」를 보면, 호랑이의 움츠린 등허리를 중심에 두기 위해 큰 여백을 두고 우측으로 작은 가지의 소나무 역시 세 단계로 여백을 두었다. 그 여백 덕에 호랑이가 화폭에 가득 차 보인다. 오주석은 이를 세계 최고의 그림이라고 칭송했다.

김홍도의 「씨름」에도 특이한 부분이 있다. 서양화는 멀리 있는 것을 흐리게 그리는 원근기법을 사용한다. 그런데 이 그림은 뒤쪽의 작은 아이를 진하게 그렸다. 작은 아이가 씨름 구경을 제대로 하고 있다는 표현을 강조한 것이다.[56]

추사 김정희의 「세한도」는 제자를 위한 따뜻한 마음을 표현한 것인데, 유명세에 비해 뭔가 부족해 보인다. 잣나무 잎은 이파리 같지 않고, 작은 집이 하나 있는데 초가집인지 기와집인지, 들판을 표현한 곳은 밭인지 들판인지 대충 그려 놓은 붓장난 같다. 그런데 굵고 늙은 소나무를 보면 달라진다.

이 늙은 소나무는 젊은 잣나무를 보호하는 것처럼 크고 굵으며 비스듬히 그려져 있고, 잣나무의 줄기와 잎은 하늘을 찌를 듯한 패

54) 조용진, 『동양화 읽는 법』, (집문당, 2000).
55) 오주석, 『옛 그림 읽기의 즐거움 2』, (솔출판사, 2006), 110-111쪽.
56) 오주석, 『한국의 미』, (솔출판사, 2006), 136-37쪽.

기가 느껴진다. 오른쪽 아래는 장모상방(長毋相忘),[57] '오랫동안 서로 잊지 말기를' 이라는 유배지에서의 마음을 표현한 글귀까지 담아 놓았다. 높은 경지의 학문과 깔깔한 붓질이 살아있는 명작인 것이다.[58]

이처럼 인간의 철학을 그림에 담을 수 있는 방법은 무한하다. 뿐만 아니라 전문가가 따로 없는 민화(길상화)에도 뜻이 담겨 있다.[59] 글씨(낙성관지 등) 없는 그림이 없고, 그림(美) 없는 글씨는 없으며, 학문 없는 그림이나 글씨가 없다.

이것이 바로 우리의 전통 문화, 나아가 세계적인 것이자, 나를 특성화하고 우리를 보편화 할 수 있는 최고의 경지인 것이다. 왜 이를 굳이 쪼개고 갈라서 생각해야 하는가?

---

57) 한대(漢代)의 막새기와에 찍힌 기와 명문이다. 추사는 금석학에서도 조예가 깊었다.
58) 오주석,『옛 그림 읽기의 즐거움 1』, (솔출판사, 2006), 157-161쪽.
59) 윤열수,『민화 이야기』, (디자인 하우스, 2007),

5

우리 선조들의 주변과 관습

해어화(解語花) : 풍류의 중심에 서다

대부분은 기생을 '잔치나 술자리에서 노래나 춤 또는 풍류를 가지고 흥을 돋는 것을 업으로 삼는 계집'이라고 정의한다. 노래와 춤과 몸을 파는 여자라는 것이다. 그러나 이것은 변형되거나 잘못된 인식이다. 국어사전을 봐도 기생을 말할 때 '몸을 판다'는 말은 없을뿐더러 긍정적인 시각으로 보면 노래, 춤, 풍류의 능력이 있으니 시·서·화·노래·춤·학문의 능력까지 갖추었다는 의미다.

더군다나 최치원의 『난랑비 서문』중에 "나라에 현묘한 도가 있으니 이를 풍류(風流)라 한다"는 글귀와 같이 풍류의 의미를 재차 되새기면 기생의 위치는 오히려 높아진다. 풍류의 수련자들은 화랑이었고 기생들은 이들과 같은 의미를 갖는 여인들이었다.

화랑은 그 의미를 '선비' 라는 직함에서 추정할 수 있는데, 선비라는 말의 어원은 '선잡이', '서다(立)' 로, 이는 무엇인가 기준이될 수 있는 의미와 모범을 뜻한다. 그리고 이것을 사람에게 적용한것이 '선잽이〉선잡이〉션비〉선비' 로서, '앞을 잡고 있는 사람', '앞잡이(향도)' 의 의미로 사용되다가, 차후 같은 한자인 선인(先人), 선인(善人), 선인(仙人) 등과 혼용된 것으로 추정된다.

고구려 시대 '조의선인' 을 봐도 비슷한 맥락을 찾을 수 있다. 조의선인이란 일종의 무사단(武士團)을 가리키는 말로서, 조의선인의선인은 선비와 같은 의미였던 것으로 보인다. 신라의 화랑 역시 같은 맥락에서 이해된다. 『삼국유사』에서는 화랑을 신선지사(神仙之事)라 표현하는데, 그렇다면 신라의 화랑은 고구려의 조의선인에서 나온 말일 것이다.

또 『삼국유사』의 「고구려조」에도 "평양이라는 것은 선인인 왕검이 골랐다(平壤者 仙人王儉之擇)"는 기록이 있다. 이것은 단군이 곧선인(仙人)의 시조라는 것을 나타낸 말이라 하겠다.[60] 즉 선인은 한민족의 넋이자 정신이며, 이는 화랑과도 그 맥을 같이한다.

한편 기생의 유래는 삼국시대부터라는 것이 현재로서는 가장 유력한 주장이다. 기생이라는 직종은 신라 24대 진흥왕 때 여자 무당이 '노는 계집' 이라는 뜻의 유녀(遊女)가 되는 과정에서 생겼다는설과 고려 시대의 이의민이 유랑민을 노(奴)와 기(妓)로 만들었다는설이 있다.

---

60) 오병무, 『우리문화연구 제4집』, 『선비 그리고 선비정신』, (신아출판사, 2001)

진흥왕의 유녀는 무당에서 나왔다는 것도, 역시 풍류와 '한 철학' 을 떠올리게 한다. 기생으로 유명했던 이들은 황진이, 이매창, 문향, 매화, 홍랑, 홍장, 계섬, 현계옥 등 다양한데, 지금까지도 이들의 시조(문학) 작품이 상당수 전해지고 있다.

역사에서는 이능화의 『조선해어화사(朝鮮解語花史)』를[61] 빼놓을 수 없다. 이 책은 1927년 국학자 이능화가 저술한 풍속에 관한 서적으로, 기생을 종합적으로 다룬 첫 역사서다.

이방인이 기생의 역사를 다룬 책도 있는데, 이탈리아 여성 학자 빈센차 두르소가 1997년 독일 함부르크대에서 쓴 박사학위 「조선 기녀」와 2002년 일본 학자 가와무라 미나토가 쓴 기록인 「말하는 꽃, 기생」 등이다.

고려시대에는 기생을 공물이나 사물처럼 여겼고 조선시대에서는 '기생청' 을 둬서 기생을 양성했으며, 일제강점기에는 권번(券番)이 기생청을 대신했다.

기생을 가리키는 명칭 중에 해어화(解語花)라는 말이 있다. 이는 '말을 알아듣는 꽃' 이라는 뜻인데, 당나라 현종이 비빈과 궁녀들을 거느리고 연꽃을 구경하다가 양귀비를 가리켜 "연꽃의 아름다움도 '말을 이해하는 이 꽃' 에는 미치지 못하리라"고 했다는 고사에서 유래했다. 기생은 조선 시대에 사용했던 말이고, 중국에서는

---

61) 이 책은 삼국시대부터 조선시대 말기에 이르기까지 천민 취급을 받은 기생에 관한 자료를 모았는데, 『삼국사기』, 『삼국유사』, 『고려사』, 『조선왕조실록』 등의 정사는 물론 야사나 각종 문집까지 참고했다. 이 책은 기생의 기원과 시대별 제도, 기생의 생활, 유명한 기생들, 기생의 역할과 사회적인 성격 등을 다뤘으며 각종 일화와 시조, 시가도 소개했다. 이 책에 따르면 기생은 천민층이었으나 매우 활동적인 여성이었다. 또한 전통문화를 계승하는 데 있어 중요한 구실을 했다. 기생 중에는 의료에 종사한 의녀도 있었다.

기녀, 창기(娼妓)라는 말을 썼고, 일본에서는 유녀(遊女, 게이샤)라고 했는데, 몸을 파는 여인과 질 높은 서비스를 제공하는 여인이 따로 있어[62] 한국과 유사했던 것으로 보인다.

또한 교방의 가무 교본으로 1872년(고종9년)에 편찬된 정원석의 『교방가요』는 진주(晉州)의 교방에서 쓰이는 노래, 춤 등 여러 가지를 기록한 책으로서 「육화대」를 비롯한 14종목의 정재(呈才)가 수록되어 있는데, 『조선해어화사』에서조차 기록하지 못한 당 시대의 문화 단면을 판단할 수 있는 악가무의 실제적 정보들을 기록하고 있다. 이곳에 기재된 정재란 잔치 때 윗사람에게(왕) 받치는 춤과 노래로 순서대로 육화대, 연화대, 헌반도, 고무, 포구락(악), 검무, 선악(락), 항장무, 의암별제가무, 아박무, 향발무, 황창무, 처용가무, 승무 등이 있다. 이 중 진주검무는 중요무형문화재 제12호로 지정되어 있다.

특히 이 책이 주목 받는 이유는 1593년 6월 20일, 진주성 함락과 최경해 장군의 순직과 관련, 적장을 끌어안고 남강에 투신한 의암 주논개를 기리는 「의암별제가무(義巖別祭歌舞)」 때문이다. 의암별제가무는 1868년 진주목사 박원(璞園) 정현석(鄭顯奭)이 매년 6월 길일을 택해 열었는데, 300여 명의 기생들이 3일간 모여 악가무를 성대히 치러냈다.

이 별제가무는 일제 강점기에 중단되었다가 1992년 운창(芸窓) 성계옥(成季玉)선생이 평생에 걸친 헌신으로 복원되었다.

---

62) 『신동아』 49권 11호, 통권 566호, (2006. 11)

당시 이 가무는 의기(義妓) 논개[63]의 기일보다 5일 앞서 기생 제관을 뽑고 절차를 익히게 했으며 춤으로 제사를 지내는데 악·가·무·희(樂歌舞戱)가 성대히 어우러지는 유례 없는 풍류 제례로서 관민결속이라는 중요한 역할을 수행했다.

즉 본 제례를 마치고 나면 여흥이 3일간 계속되었는데, 촉석루에 채화를 가득 꽂아 꽃밭처럼 장식하고 진주 일대의 기생들이 예복으로 곱게 단장하고 노래와 춤으로 제사를 드리는 광경 자체가 장관이었다.

때문에 전국의 명기명창과 멀리서 모여든 구경꾼 수천 여 명이 운집해 촉석루 건너편 백사장과 촉석루에서 흘러나오는 노래와 춤을 즐기고 활쏘기를[64] 하며 함께 즐겼다고 한다.[65]

노래 가락에는 "가련타 가련타 의기선생 가련타 … 선생이 남자의 몸이었다면 충렬사에서 혈식(血食)을[66] 받았으리"라고 하여 논개를 '선생'으로 칭하기도 하였다.[67]

그런가 하면 1970년대 말 무렵에도 군부대 주변에는 일명 '니나노 집'이라고 하여 요즘의 룸살롱과 비슷한 것이 있었으나 지금은

---

63) 의기는 의로운 기생으로 풀이할 수 있다. 의기라는 말은 1740년9(영조16년) 의기(義妓)의 정포 (旌褒, 공로를 포창 함)를 계청(啓請)하여 윤허를 받아 의기사를 건립한 이후 사용되었다. 논개는 '노은 개'라는 뜻으로 기구한 운명을 예측하고 축수를 위해 일부러 함부로 지은 이름이며 의암 (義巖)은 정대륭이 전서로 쓰고(1625년경), 암각한 이후 논개의 호(號)처럼 사용되고 있다. 민중에서는 '이애미'로 호칭되어 왔으며 '민요'도 전해지고 있다.
64) 활이 적중하면 "궁차락~"하고 노래로 흥을 돋우고 빗나가면 벌주를 올리며 권주가를 불렀다 한다.
65) 제례가 끝난 후 여흥가무에는 진주검무, 판소리, 살풀이 춤, 뒤풀이 춤 등이 펼쳐졌으며 한말에 펼쳐진 여흥가무에서는 아박무, 향발무, 황창무, 처용가무, 승무의 춤과 창가, 단가, 잡희, 사당패 놀이, 꼭두각시 등이 연출되었는데 황창무는 진주검무의 모태라고 전해지며 승무는 현재의 홀춤 형태가 아닌, 한량, 기생, 상좌 등이 등장하여 판을 벌이는 무용극 형태의 춤이었다.
66) 국전으로 제사를 지냄.
67) 성계옥, 『의암별제지』, (도서출판 보고사, 2006).

모두 사라졌다. 현재 경찰에서는 성 매매를 근절시키기 위한 단속과 노력을 경주하고 있다. 관련 업소에서는 돈을 벌지 못하니 목숨까지 버리는 일도 발생하고 있다.

물론 관리 사각 지역에 있는 부정적인 요소를 없애는 것은 중요하다. 그러나 기생은 부정적, 긍정적 요소를 동시에 갖고 있다. 이들은 긍정적으로 생각하면 한국의 정신을 발현할 수 있고, 전통문화를 전파할 수 있으며 나라의 꽃으로 발전할 수 있다. 즉 몸을 팔기보다는 순수한 목적의 문화적 정신을 팔자는 뜻이며, 룸살롱 같은 폐쇄된 풍류가 아닌 열려 있던 풍류인 우리 문화의 장점을 역수출할 수도 있다.

인성 없이 성(性)을 파는 것은 현대판 노예를 파는 것과 다를 바 없다. 이 부정적인 요소를 어떻게 없앨 수 있는가가 문제겠지만, 사회 전체의 문화적, 지적 수준과 전문적인 학교의 설치 및 교육, 관리의 문제만 해결되면 이 또한 가능하할 것이다. 기생과 선비와 화랑은 같은 맥을 갖고 있다.

도깨비 : 익살맞고 정 많은 우리 귀신

우리 전통문화 중 가장 퇴폐적으로 인식되어 없애야 할 것으로 인식되고 있는 것 중의 하나가 아마 무당(巫堂), 시골에서는 '당골네'라고 부르는 존재일 것이다. 사전을 찾아보면 그 이유를 알 수 있다. 사전에서는 무당을 "귀신을 섬겨 길흉을 점치고 굿을 하는 여

자. 원시적 샤머니즘의 한 형태임"이라고 정의하고 있다. 이걸 부정적인 시각으로 보면, 귀신, 길흉, 굿, 원시 등의 단어도 다 부정적인 것으로 보이는 게 당연하다.

물론 요즘에는 종교 가진 사람은 많아도 귀신 믿는 사람은 적다. 그런데 똑같이 눈에 보이지 않는 신과 귀신을 종교와 무속이라는 차이로 규정짓는 이유는 무엇일까? 점을 치는 풍습 때문일까? 아니면 경서의 존재 여부일까? 아니면 기복행사와 종교의식은 다른 것일까?

과학은 자연의 신비 중에 오직 10%만이 밝혀냈다. 그런데도 사람들은 과학이 전부인양 과학적, 논리적, 사실적 근거를 대라고 아우성이다. 그렇다면 종교는 어떤가? 그 역시 과학으로 설명할 수 있는가?

종교는 과학을 신봉하는 서양 문화 속에 엿보이는 가장 큰 모순이다. 왜냐하면 서양의 종교는 주로 기독교와 관련이 있는데, 기독교의 신도 눈에 보이지 않기 때문이다. 눈에 보이지 않는 즉, 과학적으로 풀어지지 않는 신을 무조건 믿고 따라야 하는 건 왜일까? 혹시 그 신이 무당보다 못한 것은 아닐까? 무당은 점이라도 쳐주지만, 종교의 신은 점도 쳐주지 않으니 말이다.

『삼국유사』에서 신라는 왕을 거서간, 차차웅, 이사금(잇금), 마립간 등으로 불렀다. 그런데 여기서 차차웅은 무당을 의미한다. 조선의 '조(朝)'의 의미는 아침의 정기를 타고 떠오르는 태양, 생명, 왕인데, 이 왕도 무당이었다. 『삼국지』 한전에는 "아이를 낳으면 돌로 머리를 눌러 두어 평평한 머리를 만들었으며 지금의 진한 사람들은 모두 편두다"라는 기록이 있고, 이를 두고 고고학계에서는 무당과 같은 특수 신분의 여성만 편두를 했을 것으로 보고 있다.[68]

또한 역사의 시작과 왕권의 시작에도 점(占)이 있었고, 이것은 곧 권력, 신성, 경배의 의미였다. 즉 무당을 단순히 점복이나 하는 사람으로 한정하는 것은 무리가 있어 보인다. 하지만 이 무당을 종교라고 생각하기도 어려운데 그렇다면 무당은 과연 무엇이었을까?

바로 철학이다. 갑골문의 巫(무당 무)는 'Ｉ'형이 교차된 무술을 할 때 쓰는 도구를 표현한 것이다. 무당은 하늘의 뜻을 이어받는 고깔을 쓴다. 즉 무당은 하늘과 교통하는 사람이며, 천손의 족속이며, 축소된 우주의 상징이다. 다시 말해 무당이 점을 치는 행위는 하늘의 뜻을 읽어내는 일이자 '한님'을 찾는 일이다.[69] 그래서 공(工)이나 무(巫)는 천지인을 가장 잘 나타내는 글자라고도 했다.[70] 우리 민족의 대표적 경서는 『천부경』이다. 따라서 무당이 하는 일은 우주관을 담은 철학하기다.

무당은 귀신을 섬긴다고 했다. 그렇다면 과연 귀신은 또 무엇일까? '鬼(귀신 귀)'에서 변으로 들어가는' 사' 자는 뱀이고, 나머지는 태양의 그림자를 상형한 것이다. 그렇다면 '鬼'는 태양 또는 태양의 빛을 상징하는 뱀을 뜻한다. 즉 귀신의 본뜻은 현재 우리가 생

---

68) 정형진, 앞의 책. 여성이라고 다 편두를 한 것은 아니었고, 남성도 경우에 따라 편두를 한
   것으로 보고 있다.
69) 정형진, 앞의 책, 36쪽.
70) 임승국, 『한단고기』, 앞의 책, 36쪽.

각하는 떠돌아다니는 잡동사니 신이 아닌 것이다.

무당은 분명히 우리 민족의 왕이며 태양이자 우주관이었으며, 천손으로서의 혼이었고 얼이었다. 즉 무당의 원래 뜻을 바로잡고, 학문으로서 연구하며, 기복사상이 아닌 철학으로 여기면 생활 속에서도 이어갈 수 있는 전통적 의미로 받아들일 수 있다.

또한 귀신으로 여기는 것 중에 잘 활용해야 하는 것이 있다. 바로 도깨비다. 도깨비는 사전에서는 "동물이나 사람의 형상을 한 잡된 귀신의 하나"라고 한다. 오랜 역사를 가진 우리 문화를 일본과 다름없이 잡귀신으로밖에 표현할 수 없는지 안타깝지 않을 수 없다.

우리는 어릴 때부터 도깨비 이야기를 자주 들어왔음에도 정작 도깨비가 무엇인지, 어떤 뿌리에서 흘러왔는지 정확히 아는 바가 없다. 기와나 벽에 그림으로 붙여 활용했을 것이라는 얘기도 있지만 정확한 형상이 무엇인지는 알 길이 없다.

도깨비는 동물과 사람의 특성을 가지고 있으며 홀연히 사라졌다 나타나는 것이다. 심술궂기도 하지만 인간을 도와주기도 하며, 사람을 홀려 하룻밤을 같이 보내기도 한다. 도깨비 방망이, 도깨비 불, 도깨비 씨름 같은 표현이 있는가 하면, 그 이름도 도채비, 돗가비, 독갑이, 도각귀, 돗귀, 토재비, 홀깨비, 토째비, 영감 등 다양하게 알려져 있다. 또한 산도깨비, 바다 도깨비, 불도깨비, 수풀 도깨비, 빗자루 도깨비, 파랑 도깨비, 빨강 도깨비, 변소 도깨비, 부짓댕이 도깨비, 혼불 도깨비 등 갖다 붙이는 곳이나 물건에 따라 붙이는 이름도 있다.

기록에 의존하는 학자들은 『월인석보』에서 발견되는 '망량은 돗가비', 『역어유해』에 나오는 '독갑이', 『계축일기』의 '독갑이'를 보고 이를 조선 전기의 소산이라고 보는 경우도 있다. 그러나 이는 문헌상의 기록이고, 각종 그림이나 역사적인 사실로 파고들면 이 도깨비가 고대 사회부터 존재했다는 것을 알 수 있다. [71]

그중에 치우를 도깨비의 전신이라고 하는 표현이 있는데, 한영우 교수는 "치우를 일명 '독아비(纛아비 : 군대의 깃발)'로 불렀는데 이것이 뒤에 도깨비로 불리게 된 것이다"[72] 라고 한 바 있으며, 한국 위키디피아 백과사전에도 "도깨비 대왕이라고 하는 귀왕의 본래 전신은 치우(蚩尤)"라는 표현이 있듯 우리가 믿는 도깨비는 치우 천황이다.

실제로 도깨비를 치우의 전신으로 설정하면 모든 정황이 맞아 들어간다. 치우는 우리의 상고사에 나오는 민족의 제왕이며 붉은 깃발을 사용하고 구리로 된 머리에 뿔이 달린 전쟁의 불사신으로 알려져 있기 때문이다. 『한단고기』의 「태백일사」에 이와 관련된 기록이 있다. "반드시 붉은 기운이 있어 마치 필강(疋絳/한 줄기 붉은 띠 모양의 연기) 같은 것이 뻗는데 이를 치우의 깃발이라고 한다."

그리고 이 설정에는 다양한 의미가 포함된다. 먼저 치우가 구리로 된 뿔을 사용했다는 것은 청동 투구를, 전쟁에 패하지 않았던 것은 청동 무기의 활용을 의미한다. 나아가 백성들은 전쟁에서 항상

---

71) 주강현, 『우리문화 수수께끼 2』, (한겨레신문사, 2005), 17-18쪽.
72) 한영우, 『다시찾는 우리역사』, (신일기획문화(주), 2004).

승리하는 치우를 두려움의 상징으로 여겨 집 안에 두면 잡귀가 없어질 것이라고 믿었을 것이다. 이 형상들은 기와나 건축물, 절간의 나무기둥, 문고리, 석상, 민가의 벽 그림 등을 통해 전해져오는데 가장 친근하게 전하고 있는 것이 바로 장승이다.

장승의 뿌리를 도깨비에서 찾는 건 그 모습이 같고, 뿔이 달려 있으며, 붉은색을 칠한 것, 수호의 의미에 있다. 붉은색은 태양을 의미하고 뿔은 치우의 투구를 의미하니 뿔이 두개든 한 개든 치우를 연상하는 데 문제가 없다. 도깨비가 용의 형상이라는 주장도 있다. 사실 용도 태양의 빛을 상징한다는 의미에서 본질적인 맥락은 같다고 볼 수 있다. 이 붉은색을 칠한 장승은 순천에 있는 선암사의 붉은 장승, 중요 민속 제7호인 통영(문화동) 벅수 등이 있다.

이처럼 치우가 민족 문화의 맥락과 닿아 있는 존재라면, 그 사실성과 상관없이 단순한 기록만으로도 그 의미를 찾을 수 있을 것이다. 치우가 살던 시절 우리 민족의 철학은 『천부경』, 천지인, 홍익 사상이었다. 홍익에서 우리는 전 세계가 공감하는 평화 사상을 취할 수 있다. 전북 장수에서는 매년 '장안산 도깨비 축제'가 치러지는데 이에 따라 '궁뜰 도깨비 예술 마을'도 탄생하고 있는 중이다. 재미있고, 교훈적이며, 복을 주고, 때로는 심술을 부리는 도깨비들을 통해 궁극적으로는 서로 어울려 살고자 하는 장수의 기본 사상을 전하는 것이다.

영국의 『해리포터』가 거대한 브랜드를 형성한 지 10여 년이 흘렀다. 그간 이 영화는 5조원 이상의 경제적 효과를 가져왔다. 해리포터 영화는 무당, 요정 마법사 등을 통한 태고의 가치에서 느껴지는 안정, 더불어 오늘의 모험을 통해 미래를 열어가는 모습을 보여준다. 한편 『반지의 제왕』은 소외된 부족이 고행을 겪어나가는 과정을 통해 인간의 심성과 미래, 환경 문제를 다루고 있다.

도깨비가 영화로 태어난다면 어떨까? 아마 이 두 영화를 합친 가치가 출현할 수 있지 않을까? 신도 아니고 인간도 아닌 존재의 신비로움, 절묘한 등장, 도깨비 방망이, 빗자루 등의 다양한 소재, 환경과 평화와 인간의 미래 등 얼마든지 흥미로운 이야기가 쏟아질 수 있다. 선조들이 물려 준 전국의 도깨비 이야기만 해도 몇 개나 되는가?

우리 아이들이 가장 가고 싶어 하는 놀이공원 중에 하나가 에버랜드다. 이 놀이공원은 도깨비를 닮았다. 한국에서도 '도깨비 공원'을 만들어 수출하면 어떻겠는가? 진정한 한류는 멀지 않은 곳에 있다.

고사 : 하늘과 맞닿은 고리

『후한서』의 「동이열전」에서는 "동이는 거의 모두 토착민으로서 술 마시고 노래하며, 춤추기를 좋아하고"라고 했고, 『부도지』에서는 "한인씨에게 천부(天符)를 전하고 곧 산으로 들어가 재앙을 없애는 굿을 전수하며 나오지 아니하였다"는 말이 있고, 같은 책에 또다시 "북극성과 칠요(七耀)의 위치를 정하고 넓고 평평한 돌 위

에서 속죄의 희생물을 구워 제사를 올리고 모여서 모래하며 천웅
(天雄)의 악(樂)을 연주하였다”는 부분이 있다. 이 문헌들을 보면
제사와 고사는 제천, 소리, 철학(『천부경』)이 함께 하는 행사임을 알
수 있다.

우리말로 그릇을 ‘구시’, ‘구유’, ‘구사’라 했는데 이를 두들긴
다는 뜻에서 ‘구시치기’라는 말이 나왔고 준말로는 ‘굿’이라 하였
다. 조선 시대에는 굿을 고사라 했고, 따라서 이 둘은 의미가 같으
며, 제천 의식에서 비롯되었다는 점도 같은 동시에, “하늘의 뜻을
잇고 감사하는 즐거운 한바탕(대동)”의 의미가 있다.

즉 고시례, 고사, 굿 등은 규모의 차이는 있으나 같은 의미이며,
이 의미에서 고사를 보면 일반적으로 알고 있는 길흉화복을 위한
제의(祭儀)와는 상당히 다른 것이다. 또한 지금의 제사와 고사는 준
비하는 형식, 절차와 뜻은 다르나 그 속에서 하늘의 뜻과 인간의 철
학과 문화가 어우러지는 면에서는 같다고 본다.

고사에 주로 쓰는 마른 명태는 동태, 황태, 북어, 노가리 같은 다
양한 이름만큼 조화로움, 변치 않는 마음을 의미하고, 실타래는 만
사가 실타래처럼 술술 풀어지라는 의미가 있다. 고사떡인 팥 시루
떡은 벽사의 의미로 볼 수 있고, 돼지는 다산 다복과 함께 하늘의
사자요, 신의 분신으로서 우리 역사에서도 귀하게 여긴 동물이다.

고구려 유리왕은 제관을 시켜 신에게 바칠 돼지를 특별히 기르
게 했는데 이 돼지를 교시(郊豕)라고 한다. ‘교(郊)’는 원래 성곽, 외
각이라는 뜻인데, 이 말은 ‘교사(郊祀)’ 즉 성 밖에서 제사를 지낸

다는 의미다. 그러므로 교시는 제천의 돼지로 풀이된다. 유리왕이 도읍을 옮겨 위나암 성을 쌓은 것도 이곳을 돼지가 가리킨 신탁(神託)의 땅이라고 믿었기 때문이며, 산상왕의 아들인 동천왕도 돼지와의 인연으로 태어났다.

『심청전』에서는 고사를 이렇게 설명한다. "고사를 차리는데, 동이 술, 한 섬쯤 되는 쌀로 지은 섬밥에 쇠머리 사지(四肢) 감아 큰 칼 꽂아 올려놓고, 큰 돝(豚) 잡아 통째 삶아 기는 듯 받쳐 놓고 심청을 목욕시켜 소복을 정히 갈아입힌 다음 상(床)머리에 요란하게 앉힌 후에 도사공은[73] 큰 북을 둥둥 치며 고사를 드린다."[74] 이 부분을 보면 고사 제물에 돼지와 소머리가 같이 나오고 있는데, 이처럼 고사는 단순히 액운을 없애고 풍요와 안녕을 바라는 의미를 넘어 소와 돼지 등의 매개물을 통해 하늘의 뜻과 닿으려면 천손의 생각과 그를 수행하려는 문화적 분위기가 담겨 있는 행사였다.

신라에서는 입춘 후 해일(亥日)에 선농제(先農祭), 입하 후 해일에 중농제(中農祭), 입추 후 해일에 후농제(後農祭)를 지냈는데, 주로 소, 돼지, 양을 제물로 삼았다. 이는 나라에서 지내다가 평민들에게도 보편화되어, 남도 지방에서는 자기 논머리에 세 갈래진 신간을 세우고 그 신간 위에 떡으로 돼지머리나 소머리 형상을 만들어 얹고 제를 지내 희생을 최소화하기도 했다.[75]

오늘날의 제사는, 선조가 돌아가신 날 모시는 기제(忌祭)와 명절

---

73) 뱃사공의 우두머리.
74) 이규태, 앞의 책, 93쪽.
75) 이규태, 앞의 책, 96쪽.

에 모시는 차례(茶禮)가 대표적이다. 기제사는 사람이 죽은 날에 제사 지낸다는 의미로, 해마다 지내는 일반적인 제사를 말하고, 차례는 절기나 명절을 따라 지내는 제사를 말한다.

외국도 이런 제사를 다른 형태로 지내긴 하지만, 고사와 차례는 한국에만 있는 고유의 풍속이다. 특히 차례는 낮에 지내는 것으로 정월 초하루, 한식, 한가위에 참신(參神), 강신(降神), 분향(焚香)이나 축문(祝文)도 없이 오직 차를 다려서 조상을 흠모하는 자리니, 가족이 모여 조상과 하늘에 감사하고 화목을 다지는 순간이다.[76] 그러니 제사의 진짜 형태는 좋은 차를 다려서 올리는 것이며, 차례가 제사처럼 변한 것은 유교의 영향을 받았기 때문으로 보인다.

나아가 제사는 조상, 자연, 하늘과 소통하고자 하는 의미와 함께 사용하는 음식에도 뜻을 두었다. 밤은 씨앗이 땅속에 들어가 새싹을 틔우고 열매가 열릴 때까지 썩지 않는다. 따라서 밤은 조상의 바른 생각을 잊지 않고 영원히 간직하라는 의미가 있다. 감은 씨를 심으면 돌감(똘감)이 되고, 뿌리가 강한 고욤(겸)나무에 감나무를 접을 붙여야 비로소 감이 열린다. 여기에는 사람도 낳았다고 곧바로 사람이 아니라, 반드시 배워서 익혀야만 새롭게 태어난다는 의미가 담겨 있다. 대추는 다산과 풍요를 의미한다.[77]

제사에 쓰는 고기는 완전히 익히지 않아야 한다. 이는 하늘의 뜻을 붉은 피로 따르고자 했던 오랜 관습이 이어진 것으로 본다. 또

---

76) 이규태, 『개 볼 낯이 없다더니』, (장인출판, 1992), 48쪽.
77) 홍일식, 『한국인에게 무엇이 있는가』, (정신세계사, 1996), 168쪽.

한 제사에서는 별도로 삼신상을 차리는데, 이 또한 자연에 대한 감사요, 천지인 사상에 대한 존경의 표현이다. 이처럼 옛날 우리 선조들은 모든 일상에 뜻 없는 것이 없었다.

최근 우리는 고사, 제사, 차례, 굿 등을 상식적으로는 알지만 그 순기능에 대해서는 아는 바가 없다. 또한 복잡하다고 꺼리기까지 한다. 따라서 본래는 같은 의미가 있었던 만큼 차를 위주로 감, 밤, 방울과 꿩 털, 경우에 따라 돼지머리 등 소탈한 음식과 재료를 활용하면 좋을 것 같다.

이제 고사와 제사도, 미래를 위한 재해석을 거쳐 쉽게 정리해 사람들 사이에게 늘 새롭게 태어나는 관습으로 자리 잡기를 바란다.

태 자르기 : 탄생에서 시작되는 생명의 순환

사람과 동물은 탄생과 죽음을 반복하면서 새 생명을 이어간다. 이때 사람이 동물과 다른 건 때마다 의식을 거행하고 거기에 의미를 부여한다는 것 뿐, 죽고 살고, 종족을 이어가는 것은 매한가지다. 그러나 인간은 동물과 다르게 태어나고 결혼하여 한 평생을 살아가면서 남기는 것이 있다. 바로 이름 석 자다. 그 흔적은 장차 후손들에게 교훈이 되어 보다 가치 있는 삶을 제공하여 마음 깊이 남게 된다. 장수 지역의 상여 소리에는 이런 글귀가 있다.

"산이 높다하되, 물이 높드흐라."

물은 낮은 곳에서 솟아 낮은 곳으로 흘러간다. 그러나 때로는 산

꼭대기에서 물이 나는 경우도 있다. 우리의 이름도 이처럼 높은 곳에서 낮은 곳으로 흘러 대대로 이어진다. 그런데 사실상 현대인의 인생 가치는 어떤가?

이름은커녕 살아 있는 순간의 자본이 큰 부분을 차지한다. 하지만 돈이 전부가 아닌 곳에서, 얼마든지 가치 있는 삶을 꾸려나가는 사람들도 있다. 태어나고 결혼해서 아들, 딸 잘 낳고 길러 죽음에 이르는 우리의 인생살이에는 어떤 의미들이 있을까? 인생의 가치를 깊이 생각해 볼 일이다.

그렇다면 과거 우리 선조들은 이런 삶의 흔적들에 어떤 생각과 의미들을 부여했는지, 가장 먼저 탄생부터 돌이켜보자.

탄생은 엄마가 뱃속에 아기를 가지면서 시작되는데, 이때는 예외 없이 태몽을 꾼다. 바닷가에서 조개를 캐거나 조개를 보면 여자아이를, 고추나 태양의 꿈은 아들을 의미했다. 용과 구렁이는 출세를 의미하며, 앙상한 가지를 흔들어 과일을 따는 꿈을 꾸면 유산을 걱정했고, 산짐승이나 돼지가 집 안으로 들어오면 재산이 불어난다는 등의 매우 다양한 해몽들이 있었다.

그리고 이는 대부분 우리들이 예상할 만한 것들이거나 전통의 상징적 가치들과 일치한다. 또한 임산부의 배꼽이 들어가 있으면 딸, 나와 있으면 아들이고, 태동(胎動)이 심해서 발길질이 심하면 아들이고, 얌전하면 딸이라고 생각했다. 그것은 건강한 자손을 생각하는 부모들의 간절한 기원이었으며, 자식을 통해 미래를 꿈꾸는 태교였다.

그러다가 산달이 가까워지면 민가에서는 대체로 시집 또는 친정 집의 안방을 산실로 정했는데, 초산일 경우는 정신적 안정과 산후 조리를 위해 친정집을 선택하는 경우가 많았다. 출산 전에는 집 주 변에 잡귀를 막고 해독 효과가 있는 산에서 판 황토를 뿌린 뒤 산실 이라는 표시를 해서 부정한 사람의 출입을 금했다.

해산에 임하게 되면 순산을 기원하는 뜻에서 빨랫줄도 풀고, 굴 뚝 등 막힌 곳을 뚫으며 찢어진 문도 바르지 않았다. 출산할 때는 힘을 주기 위하여 왼쪽으로 꼰 삼(麻)줄이나 무명을 사용했는데 이 를 삼신줄이라고 한다. 산파는 아들딸이 많고, 복이 많은 할머니를 초빙했고, 과부나 자손이 없는 사람은 산파가 되지 못했다.

아기는 탯줄을 통해 산소와 영양을 공급받게 된다. 이 탯줄을 '삼줄'이라고도 하는데, 탯줄을 자르는 것을 '삼 가르기'라고 했 다. 그리고 예전부터 우리는 태가 자손들의 운명에 결정적인 영향 이 미친다고 해서 소중하게 생각하고 그 처리에도 예를 다했다.

이 역사는 최소 고구려, 백제, 신라, 가야시대 때부터 시작되었 고, 고려와 조선 시대 때 성행하였으며 특히 왕실의 태 처리는 나라 의 운명과 같이 한다는 생각으로 국법(國法)으로까지 행했는데, 이 는 우리나라만의 고유한 관습이었다.

또한 땅에 묻혀있는 태를 도굴해 약용하는 이들이 있을 만큼 태 (胎)는 영험한 약으로 여겨졌다. 실제로 태에는 혈액과 면역 체계 의 근간인 조혈모 세포가 다량 포함되어 있어 현대인에게도 소중 히 생각되고 있다.

태의 처리는 '민태(民胎)'와 '왕실의 태' 처리로 구분하여 생각할 수 있는데 먼저 민태를 보자. 가족들은 어린 생명을 식구로 맞이하면서 언행을 조심하고 아기의 먼 장래까지도 복 되기를 기원하였다. 때문에 아기와 모체를 이어주고 있는 생명선인 탯줄도 소중히 다루었으니 태를 자른 후 습속에 따라 처리하는 방법은 다음과 같았다.

(가) 매태(埋胎)

매태는 강원도 전역에서 행했던 것으로 아이의 태를 수습해 좋은 땅을 가려 묻는 것을 말한다. 거문도, 초도의 경우 3일째 되는 날에 방위를 봐서 손이 없는 곳을[78] 택해 사발이나 옹기에 담아 뚜껑을 덮어 땅에 묻는데, 이를 매태방(埋胎方)이라 했다.

(나) 소태(燒胎)

강원, 충청, 경상도 등에서 일반적으로 행해지는 습속으로, 집 대문 밖이나 뒤뜰과 같이 후미진 곳의 땅을 파고 불을 피워 태웠다. 서울 지역은 참숯, 왕겨, 장작불에 태웠고, 충청도는 짚으로 싸서 그릇이나 아궁이에 태웠으며, 경상북도에서는 태를 짚으로 싸서 왕겨에 넣어 태우거나 창호지에 싸고 다시 짚으로 싸서 아궁이에 태웠다.

---

78) 손이란 날짜와 방향을 달리하면서 사람을 따라다니며 방해하는 귀신을 의미하는데 '태백살'이라고도 한다. 음력으로 9, 10, 19, 20, 29. 30은 하늘로 오르기 때문에 손이 없고 1, 2는 동쪽, 3, 4는 남쪽, 5, 6은 서쪽, 7, 8일은 북쪽에 손이 있다. 매태에서는 1 · 9월생은 동남, 3 · 7 · 11월생은 서남, 2 · 6 · 10월생은 남북 사이, 4,8,12월생은 서남 사이에 길지가 있다고 전한다.

경기도 지방에서는 산실로부터 너무 먼 곳에서 태우면 포태(胞胎)가 늦어지고, 가까운데서 태우면 빨라진다고 해서 보통 뜰 안에서 태우거나 아궁이에서 태우기도 하였다. 강원도 정선 지역에서는 요강에 태를 넣어두었다가 아궁이에 넣고 태웠다고 한다.

또한 전남 지역에서는 태를 짚으로 싸서 아기를 낳은 뒤에 삼신에게 올리는 쌀밥과 미역국 상인 삼신상(三神像) 앞에 두는데 이를 장태방(藏胎方)이라 하여 생년월일에 맞춰 길방(吉方)을 정해 놓는다.[79] 나주 지역에서는 3일이 지나서 태우는데[80] 이를 소태방(燒胎)이라 하였다. 전북 임실에서는 액이 없는 곳을 보아 태우되 재를 길바닥에 뿌려 아기의 다복을 기원했다.

(다) 건태(乾胎)

양구군 해안면에서는 훗날 아기가 병이 났을 때 말린 태를 잘게 썰어 따뜻한 물에 우려 약으로 복용했던 습속도 있었다. 이 말고도 약으로 사용한 예는 더 있다.

용인시 원삼면 목신리에서는 태를 태운 후 횟대 위에 보관했다가 아이에게 태열이 생기면 가루를 내어 태열 자리에 얹어 치료하기도 했다. 또한 청주에서는 지저분하게 처리된 태는 태우고, 깨끗하게 처리된 태는 다려서 먹었고, 제주도 서귀포에서는 태를 단지에 묻었다가 1년이 지난 후 약으로 쓰되 종기가 생겼을 때 태를 태

---

79) 1월에서 12월까지 '자' 방에서 '해' 방으로 출생한 달에 방향을 맞춰 놓는다.
80) 1·5·9월 생은 진방, 2·6·10월 생은 유방, 3·7·11월 생은 인방, 4·8·12월 생은 묘방에서 태우면 부귀장수, 대길, 급제한다고 한다.

우고 갈아서 참기름에 개어 바르면 특효가 있다고 했다.

(라) 수중태(水中胎)

인제군 북면에서는 태를 물에 흘려보냈고, 고성군 죽왕면에서는 태에 돌을 달아 호수에 던지고, 고성군 공현진리 등에서는 태를 돌에 달아 바다에 던지는 풍습이 있었다. 이외에도 태를 태운 후 물에 흘려보내거나 강물에 흩어 뿌리면 젖이 풍부해진다고 믿기도 하였다.

아기가 태어나면 금(禁)줄을 치는데 왼 새끼줄에 솔가지나 댓잎을 끼우고 남아의 경우 고추를 여아의 경우 숯을 매달았다. 사람들은 고추는 양색(陽色)으로 악귀를 쫓는 것이며, 검은 숯은 음색(陰色)으로 잡기를 흡수한다고 믿었다. 이 금줄은 총 삼칠일(21일)간 쳤고, 그 삼칠일이 지나야 외부와의 접촉을 허락했다.

또한 자식의 점지 및 자손의 수명, 건강, 복록을 관장하는 신으로서 삼신을 섬겼는데, 주로 안방의 선반 위에 단지로 모셨다. 단지 안에 흰 창호지, 짚단, 흰쌀을 담아 놓고 이를 삼신단지라고 했다. 이 삼신단지는 출산을 전후해 친정어머니나 시어머니가 두 손을 곱게 모아 비비면서 소원을 반복하며 치성을 다해 모셨다.

출산 후 초이레가 되면 태반을 처리하며, 옷과 포대기를 새것으로 갈아주고, 시아버지와 첫 대면을 하고, 삼신에게도 미역국과 흰 밥을 올렸다. 두이레에도 새 옷으로 갈아입히고 두 손을 자유롭게 해주며 삼신에게 미역국과 흰 밥을 올렸다. 세이레에는 새벽에 삼신에게 흰 밥과 미역국을 올리고 금줄을 내린 뒤 수수로 경단을 만들어 먹었다. 또한 이 기간에는 닭, 돼지, 개고기, 상가 음식은 부정을 탄다고 해서 먹지 않았다.

그러다가 아기가 돌이 되면 돌상을 차리는데, 떡은 주로 백설기, 붉은 팥고물을 묻힌 수수경단, 찹쌀 떡, 송편, 무지개 떡, 인절미, 계피 떡 등을 쓰고, 이 중에서도 백설기는 신성과 정결과 아기의 장수를 기원하는 의미가 있었고, 수수경단은 악귀를 물리치고 덕을 쌓으라는 의미로 반드시 빠뜨리지 않았다.

또한 아이에게는 '돌복(盛裝)'을 입혔는데 남아는 색동 저고리, 보라색 또는 회색 바지, 색동 두루마기, 금박, 은박을 찍은 남색 조끼, 색동 마고자, 금은박의 전복과 붉은 실로 만든 홍사대, 폭건, 누비로 만든 타래버선과 염낭을 갖추어 주었다. 여아는 색동 저고리, 빨간색 치마, 금박, 은박을 찍은 조바위, 타래버선과 염낭을 갖추고 긴 돌띠와 앞뒤로 수와 복이 새겨진 돌 주머니를 채웠다.

돌상에 앉히고 하는 돌잡이 행사도 볼거리다. 아이가 가장 처음 잡은 것과 두 번째 잡은 물건을 보고 아이의 미래를 기대했으며, 활과 화살은 무인, 실과 국수는 수명, 대추는 자손 번창, 책은 문필, 쌀은 재물, 자와 바늘은 손재주, 칼은 음식 솜씨를 나타낸다고 믿었는데, 이는 특별한 격식은 없었지만 평민들 사이의 자연친화적인 삶과 철학적 지식이 함께 담긴 아름다운 민속이었다.

한편 왕가의 태 처리는 국법으로 행할 만큼 엄정했다. 출산 3~5개월 전, 왕비나 왕세자의 정부인의 산기가 임박하면 출산 전 업무를 관장하는 산실청(産室廳)에 임시 기구가 설치된다. 산실청의 총

책임자는 도제조(都提調)라 했고 정1품의 의정(議定)이나 의정을 지낸 사람을 임명했다.

산기가 임박하면 도제조를 비롯한 삼제조(제조, 부제조)가 산실에 참례하고,[81] 주사(朱沙)로 쓴 이십사방위도를 방에 붙이고 자리를 깔았는데, 밑에서부터 짚자리, 백문석(白紋席/무늬 없는 돗자리), 기름종이, 백마피(白馬皮), 고운 짚자리를 깔고 말가죽의 머리 쪽에는 서피(족제비 가죽)를 두고 아래쪽에는 삼실을 두었다.

여기서 족제비는 다남을 의미하지만, 짚을 이중으로 간 이유는 원적외선과 관련이 있는 듯하다. 그리고 자리가 잘 마련되면 의관(醫官)이 차지법(借地法)이라는 주문을 세 번 읽어 사방의 바다신(해신)에게 순산을 빌고, 천장에 말고삐를 걸어서 출산 준비를 마쳤다.

그렇게 출산이 끝나면 이번에는 왕이 친히 동으로 된 방울을 흔들어 탄생을 알렸다. 또한 산실 내에 깔았던 짚자리를 걷어 붉은 줄로 중 방위에 매달았는데, 이는 민간에서 새끼줄에 숯과 고추 끼운 것을 대문 위에 가로질러 부정한 기운을 막는 것과 같다. 짚자리는 초 7일이 되는 날 분향하고 보관했으며, 이를 권초례(捲草禮)라[82] 했다.

이는 조선 후기에 이뤄진 관습으로 조선 전기의 수필집인 『용재총화(?齋叢話)』[83]에서는 새끼를 꼬아 문중방 위에 달았다가 3일 만

---

81) 평소의 처소에 산실을 두는 것을 원칙으로 한다.
82) 권초제(捲草祭)의 제상에는 명백미(命白米) 10포, 명사(命絲) 10근, 명주(命紬) 10필, 명은(命銀) 100량, 향로 1, 향합 1, 촉대 1쌍을 준비하고 命자를 붙이는 것은 장수(長壽)를 기원하는 의미다.
83) 조선초기의 문신인 성현(成俔 : 1439~1504)이 지은 잡록(雜錄)

 마음으로 세상을 탐하라

에 걸어서 봉안했다고도 한다. 이는 서민이 했던 방식과 동일하다. 또한 산모가 세욕을 할 때는 익모초를 사용하고, 아기에게는 매화, 복숭아, 자두나무(오얏나무)의 뿌리와 호두, 산돼지 쓸개를 삶은 물을 썼다.

그리고 태는 즉시 백자 항아리에 넣어 산실 안 점복한 곳에 두었다가, 태를 씻는 날(3일 또는 7일 후) 산실 뒤뜰에서 도제조 이하가 깃을 둥글게 만든 검은 빛깔의 흑단령(黑團領)을 갖추고 서립했다.

이때 의녀가 산실로부터 항아리를 들고 나와서 질자배기에 옮겨 담고 미리 길어 놓았던 월덕 방향[84] 에 이 물을 부어 100번을 씻고 녹두, 보리, 밀로 누룩을 만들어 쌀로 맑게 빚어 만든 궁중 술 향온주로 다시 씻은 다음 백자 항아리에 봉표 후 밀봉하여 이중으로 담는데, 이때 붉은 끈으로 단단히 묶는다. 끈에는 목간으로 기재한 후[85] 미리 정해놓은 길방에 두었다가 태봉(胎峯)이 선정되면 정중히 운반해 땅에 묻고 사방 300보 거리에는 금표를 세워 보호했으며, 석물을 세워 봄, 가을로 제사를 지내는 등 위엄을 갖추었다. 태봉리, 태실리(胎室里) 같은 마을 명칭이 내려오는 곳은 예전부터 태함(胎函)을 넣고, 왕자와 공주는 봉분을, 왕은 석재를 쌓아서 만든 태실 안치소 지역이라고 봐도 좋다. 태봉은 태실이 있는 산봉우리를 의미한다.

우리나라의 문헌이나 구전으로 전해지는 태실은 신라 4, 가

---

84) 月德이란 달의 덕신을 말함. 즉 달의 吉方을 따질 때 쓰는 術法의 하나. 1,5,9월은 남쪽 (丙方), 2,6,10월은 서남쪽(申方), 3,7,11월은 동남쪽(壬方), 4,8,12월은 서쪽(庚方)이다.
85) "某년 某월 某일 某시 某某씨 탄생 某아기씨 태" 라고 쓰고 뒷면에는 삼제조와 의관이 서명한다.

야 2, 삼한소국 1, 백제 1, 후고구려 1, 마한 1 고려시대 20, 조선 시대 왕이 31, 왕가의 태실이 42실로 알려져 있으나 일제 강점 기에 대부분이 훼손되었음은 말할 필요도 없을 것이다.

또한 왕실도 결코 무속을 천대하지 않았다. 무당(巫堂), 무속 음악에서 피리나 젓대를 부는 관수(管手)들의 궐내 출입이 가능했을 뿐더러 내인을 그들의 집에 보내 천신(天神)에게 제사를 지내는 신사(神祀), 기도(祈禱)를 하기도 했으며, ‘민비’는 빌고 바라는 기축을 하고, 잡신에 치성을 드리기도 했다.[86]

사람의 생각은 세월이 흐르면서 관습으로 형성된다. 다시 말해 우리 관습들도 분명히 어떤 사상에서 출발한 것인 만큼 이를 업신 여기는 것은 옳지 않다. 삼신줄, 삼 가르기, 삼줄, 삼신단지 등이 우리 민족의 철학인 천지인 사상에서 관습으로 이어진 것이라고 보면 더욱 그렇다.

실제로 태를 소중히 해서 때로 치료약으로 쓰고, 짚이나 황토를 활용한 것도 요즘과 비교할 때 결코 뒤떨어지지 않는 과학적인 행위였다. 오히려 이 옛것을 과학적으로 증명하고 더 좋은 결과로 나아가야 할 때다.

남녀평등 : 고대로부터 이어져온 여성 존중의 사상

고려나 조선은 불교, 유교를 국가의 정치 이념으로 택한 이상 중

---

86) 이규상, 『한국의 태실』, (청주문화원, 2005).

국의 사대사상에서 벗어날 수 없었다. 그럼에도 여러 생활상이나 오래된 이념 면에서 고조선의 뿌리를 그대로 간직하고 있었던 덕에 우리 민족의 원형으로 봐도 무방할 것이다. 그 중에서도 당시의 여성상은 아주 흥미롭다. 고구려는 계루부를 중심으로 하는 5부족 연맹체 국가로 지금의 지방자치와 비슷한 부분이 있었다. 다만 지금의 지방자치는 우리 것의 적용이 없는 서양식의 지방자치지만, 고구려의 지방자치는 우리의 혼이 살아 있고 남녀가 평등했다.

실제로 고구려의 가장 두드러진 특징의 하나는 여성과 남성의 평등사상이다. 고구려는 물론이고 백제 건국의 중심에도 소서노라는 여인이 있었는가 하면, 주몽의 어머니인 유화는 물의 신인 하백의 장녀(河伯女)로서 부모의 허락 없이 해모수와 사통(私通)한 것이 발각되어 쫓겨났다가 부여의 금와(金蛙) 왕에게 발견되어 보살핌을 받았고 결국 고구려인에게 부여신으로 추앙을 받았다. 이는 여성들에게 관용이 없는 시대라면 상상할 수 없는 일이다.

비슷한 예로 고구려의 평강공주도 만약 조선 사람이었다면, 왕명을 어긴 죄로 귀양을 가거나 중죄를 받았을 것이다. 그러나 평강은 온달을 장군으로 대성시켰고, 왕도 공주와 사위를 정식으로 받아들였다.

그런가 하면 고구려 고국천왕의 왕비였던 우씨는 왕이 죽자 둘째 동생인 연우와 재결합해 연나부(절노부) 왕권을 100여 년 동안 지속시켰다. 이는 고구려의 취수혼(娶嫂婚)이라는 제도 덕분이다.

이 취수혼은 형이 죽으면 그 형수가 동생과 결혼하는 제도로서 여성의 노동력 상실을 막고, 남편을 잃은 여성의 경제적 곤란을 보호하려는 취지에서 생겨났다. 비록 왕후 우씨는 이 관습을 권력 유지의 방편으로 이용했지만, 아무튼 당시의 사회 문화가 여성의 자유로운 활동을 인정한 것은 틀림없다.

이러한 사실들은 고구려 고분 벽화에서도 느낄 수 있는데 여인들이 수레를 타고 나들이를 하거나 악기를 연주하고, 남성들과 자유롭게 이야기하는 모습들이 보인다.

또한 서옥제라는 제도도 있었다. 이것은 사위가 장가를 가서 일정 기간 친정에서 머물다가 시집으로 돌아오는 것인데, 이때 사위는 문밖에서 이름을 대고 절을 하면서 여자와 묵을 것을 여러 번 청하고 여자의 부모가 청을 들어주면 그는 별채의 서옥에서 지낼 수 있었다. "장가를 든다"에서의 장가는 '杖家'이다. 장가는 장인장모(丈人丈母)의 집이 됨으로 "든다"라는 용어는 서옥제의 관습에서 비롯된 것으로 판단된다. 이때 사위가 부인의 처가에서 얼마나 오래 머물렀는지는 정확히 알 수 없으나, 아이를 낳아 장성하면 그제야 자기 집으로 데려갈 수 있었던 것으로 보인다. 또한 이는 딸만 있는 집안에서 사위를 데려와 상당 기간 또는 평생을 투숙시키는 데릴사위제와는 또 다르다.

이 같은 풍습은 고려 시대에도 이어졌다. 1415년 『태종실록』권 29에는 서옥제와 같은 뜻인 남귀여가(男歸女家)가 나온다. 이는 고려시대의 옛 혼인의례 풍습으로서, 아들과 손자까지 외가에서 낳아 기르니 외가 친척을 더욱 은혜롭게 생각하는 것이다. 그러나 이런 수천 년간의 풍속은 조선의 유학 질서에 밀려 친영(親迎) 즉 완전한 중국식 혼례 방식으로 변하고 말았다. 남자가 장가를 '가는' 것은 천륜의 도를 거스르는 행위이니 신부가 남자 집으로 시집을 '오게' 만든 것이다. 이것이 시집살이의 시작이었다. 이런 사실은 1407년 조선태종이 왕으로서 김한로의 딸을 친영으로 맞아들인 것을 기점으로 왕가에서 가장 먼저 시작되었다.[87]

그러나 왕가가 이런 방식을 선택한 건 600여 년 전인데, 민초에서는 조선 말기까지 서옥의 풍속이 살아 있었다. 즉 불과 300여 년 전만 해도 '시집살이'는 존재하지 않았던 셈이며, "처갓집과 변소는 멀수록 좋고, 겉보리 서 말이면 처가살이를 하지 않는다"는 말 같은 남성 권위주의와 남존여비 사상이 드러나는 말들은 사실 우리 민족의 전통사상과는 어울리지 않는다고 볼 수 있다. 즉 "시집이나 장가를 간다"는 말은 "시집이나 장가를 든다"가 맞다. '간다'는 말에는 처가살이, 시집살이의 의미, 즉 "귀 막고 3년, 눈 감고 3년, 입 막고 3년"에 발목이 묶인다는 의미가 있기 때문이다.

『부도지』에서 나오는 우리나라의 맨 처음 조상인 마고는 여성으로서, '마고할멈' 또는 '마고할미'라고 불린다. 또 한라산을 베고 살았다는 큰 여인인 제주도의 '선문대 할망'도 여기서 나왔다. 만주족의 창제신화인 『우처구우러본(천궁대전/조상신들의 이야기)』의 처음도 여신에서 시작되었는데, 같은 몸 한 뿌리로 셋이었고[88] 하

---

87) 주강현, 『우리문화의 수수께끼2』, (한겨레신문사, 2005)
88) 하늘여신 '아부커허허', 땅의 여신은 '바나무허허', 별자리 신은 '와라두허허'이다.

나였다.[89] 그리스에 나타나는 사자 몸의 스핑크스도 하늘의 여신으로서 여자였고, 지신을 의미하는 남신이 동시에 한 몸에 존재한다. 이처럼 처음 세상을 연 신화의 주인공 중에 오히려 여성이 많다는 건 한번쯤 다시 생각해볼 부분이다.

다행히 21세기에 들어 여성의 위치가 바로 잡혀가고 있는 사회적 분위기가 만들어지고 있는 상황이다. 실제로 여성이 남성에 비해 부족한 건 힘 빼고는 없다. 남성은 생명을 잉태할 수 없다는 부분에서 오히려 여성에게 부족하다. 그래서 실제로 짐승의 수컷들은 대개 암컷들보다 화려한 깃털을 가져 암컷에게 구애를 펼쳤다. 즉 여성에게 본질적인 아름다움이 있다면 남성은 육체적인 화려함으로 서로가 상호 보완되는 관계가 성립되는 것이다.

결혼이란 본질적으로 남성과 여성이 만나 육체적인 쾌락은 물론 정신적인 면모를 새롭게 설계하여 몸과 마음을 완전하게 익히는데 그 가치가 있다. 남녀 중에 어느 쪽이 우월하고 열등하고는 애초에는 없었던 기준이다. 그런 면에서 결혼은 나를 완성하여 상대에게 배려로서 증명해야 하는 수중의 중심이라고도 볼 수 있다. 실제로 심한 다툼이나 이혼 등은 이 서로를 배려하는 균형이 깨어질 때 생겨난다.

한쪽으로 치우치지 않는 배려와 경외를 익히는 것은 큰 사회와 가족이라는 작은 사회를 끌어가는 가장 우선의 덕목이다. 그것이 또한 새로운 전이를 통해 자식에게도 이어져야 한다.

---

89) 우실하, 「동북아시아 모태문화와 '3수분화의 세계관' 」, (1999. 12. 18)

혼례 : 인생의 가장 성대한 만남

우리의 전통 혼례는 아름답기로 유명하다. 하지만 그것을 제대로 고증하기에는 아직 자료가 부실하다. 조선 이전의 자세한 기록조차도 대부분은 중국의 기록에 의존하고 있으며, 그나마도 간략하다.

고구려, 백제, 신라시대에서는 율령을 통해 결혼 풍속을 유지한 것으로 보이며, 고구려의 취수혼이나 서옥제는 신라에서도 있었던 것으로 짐작되는데 "소지왕이 파로(波路)의 딸을 만나서 여자 집에서 동숙하였으며, 진지왕이 도화녀의 집을 방문하여 동숙을 간청하고 부모의 허락을 받아 동숙하였다"는 것에서 그 흔적을 찾아볼 수 있고,[90] 백제는 일부다처제와 여인의 정절에 대한 설화가 전해지고 있으나 구체적인 성혼에 대한 기록은 없다. 단 공통적으로 혼례는 저녁에 이루어졌으며, 신랑이 신부 집에 돼지고기와 술을 대접했으나 특별한 패물은 보내지 않았는데, 이는 여자를 돈 주고 산다는 느낌을 경계했기 때문일 것이다. 또한 고구려 전부터 동성 간에는 혼인을 하지 않았다.

고려시대의 혼인은 신랑이 신부 집에 결혼 후에도 상당 기간 머무는 서유부가혼숙(壻留婦家婚俗) 형태로 조선시대까지도 널리 행해졌으며, 『고려사』 예지에 언급된 왕실의 혼례 절차는 언납채, 친영 등 중국식이었으나 일반인들은 신부 집에서 혼례를

90) 조천래, 「문화재학 제5호」〈전통혼례의 올바른 이해와 활용〉, (2008)

올렸던 만큼 친영이 아니었던 것으로 보인다.[91]

　이렇듯 큰 개괄을 보면 고구려, 백제, 신라와 고려시대의 민간 혼례 방식을 우리 전통 의식이라고 할 수 있는데, 안타까운 건 이에 대한 자세한 기록이 없고 최근까지 이루어지는 유교식 혼례방식도 고려 이후 중국을 따른 것이라는 점이다. 다만 조선시대 후반까지 민가에서 행해진 혼례 방식은 정치 이념에 큰 영향을 받지 않아 삼국시대의 근본을 따랐을 것으로 보인다. 이익(1682~1763)의 『성호사설』에 등장하는 "백 년 전만 해도 아직 처가살이혼의 풍속이 숭상되었다"는[92] 기록도 이런 사실을 뒷받침한다.

　그러다가 조선시대에 들면 이런 혼례 풍속도 중국의 성리학의 영향을 받아 큰 변화를 겪게 되는데, 그 이유는 크게 두 가지였다. 하나는 종중(宗中)의 법(法)상 종손의 큰아들인 장자가 조상 제사를 주관해야 하고, 후손이 없을 경우 후계자를 세워 정통성을 이어가야 하는데, 남자가 여자 집에 장가를 들어 아이들이 장성할 때까지 머무르게 되면 이런 대소사를 치르는 데 장애를 초래할 수 있기 때문이었다.　또 하나는 신랑이 별도의 의식 없이 신부 집에서 동침한 후에 상견례가 나중에 이루어지는 것을 인정할 수 없었기 때문이다.[93] 이러한 혼례의 변화는 육례(六禮)[94]를 통해 그 모습을 드러

---

91) 조천래, 앞의 책.
92) 주강현, 앞의 책.
93) 조천래, 앞의 책.
94) 고려 말 주자의 가정예절(朱子家禮)을 받아들이면서 조선중기에서부터 육례가 시행된 것으로
　보인다. 육례란, 납채(納采) 또는 의혼(議婚), 문명(問名), 납길(納吉), 납폐(納幣) 또는 납징(納徵),
　청기(請期), 친영(親迎)이다. 의혼은 신부의 집에 청혼 하는 것을 말하고, 문명은 신부의 사주
　성명과 어머니의 성씨를 묻는 것, 납길은 신랑 집에서 혼인 일자를 신부 집에 통보하는 것, 납폐는
　신부 집에 예물을 보내는 것, 청기는 혼인 일자의 여부를 신부 집에 편지를 보내 묻는 것, 친영은
　신랑이 신부의 집에서 친히 맞이하는 것이다.

내는데, 이 육례는 중국 주나라 때부터 시행된 복잡한 의례로서 주자가 주장한 사례(四禮)를 주로 행하였다. 이 사례는 의혼(議婚), 납채(納采), 납폐(納幣), 친영(親迎), 이렇게 4가지다.[95]

나아가 조선시대의 서경덕은 이러한 제도를 민가에서도 행하게 하였고, 김치운(金致雲)이 친영의 예를 행하면서 이것이 정식 관례로 자리 잡았으나 우리 전통 혼례 관습이 너무 뿌리 깊어 다시 폐지되는 우여곡절을 겪었다. 결국 고관들은 민가에서는 전적으로 유교식 예절을 행하는 것이 어렵다는 결혼 하에 친영을 반 친영으로 전환했다. 혼인 첫날에 합근례[96] 와 동뢰연[97] 을 행하고 그 이튿날 신부가 신랑 집으로 가서 시부모를 뵙는 방식으로 타협을 본 것이다.[98]

즉 원래 주자가례(朱子家禮)에 의하면 이 친영은 신랑 집에서 행해져야 하지만, 1518년(중종13) 임금의 명령으로(전교) 신부 집에서 행해지게 된 것이다.[99] 지역마다 조금씩 다르겠지만 사례를 중심으로 당신의 혼례 의식을 대략 정리하면 다음과 같다.

우선 혼인을 하기 전에 보통은 중신아비[100] 를 내세워 양측 집안의 근본, 성격, 건강, 재산 등을 살피고 혼사를 의논하는 절차를 밟

---

95) 韓桂洙(무주군), 『향토문화재지』, (전북 무주 : 미문인쇄공사, 1994), 319쪽.
96) 신랑신부의 석 잔의 술잔 교환.
97) 신랑신부의 술잔 교환을 마치고 술잔을 서로 나누는 잔치.
98) 조천래, 『문화재학』통권 제5호, 「전통혼례의 올바른 이해와 활용」, (한국전통문화학교, 2008)
99) http://cheong.grandculture.net
100) 중신아비는 남자 중매인을 말하고 중신어미는 여자를 말하지만 근원을 따지면 애비는 아비로서
　　하나님이고 신약성경(아버지라는 뜻). 그러므로 '하나님 아버지' 는 '하나님 하나님' 이다.
　　'음악의 아버지' 또는 '가장' 이라는 뜻에서는 어른이다. '중신애비' 를 남녀 구분 없이 같이
　　부르는 곳도 있기 때문이다. '함진애비' 도 같은 의미로 본다.

는데, 이를 의혼(議婚)이라고 한다.[101] 납채는 채택하는 예를 받아들이는 것을 말하는데, 양가의 혼인이 약속되면 신랑의 생년월일이 적힌 사주단자(四柱單子)를 신부의 집에 전해 약혼의 징표로 삼았다. 그러면 신부 쪽에서 이번에는 택일을 해서 신랑의 집에 보냈다.[102] 사당(祠堂)에 고하거나 사주와 편지를 주고받음으로서 상호 간에 혼인승낙을 주고받았던 것이다.

그렇게 혼인 전날이 되면 신랑 측에서는 혼서(婚書)와[103] 채단(綵緞)[104] 을 보내는데, 이를 납폐(納幣)라 한다. 납폐를 전하는 것은 함진아비다. 신부 측에서는 이 함진아비를 대례청에 자리를 깔고 병풍을 친 뒤, 복 많은 여자가 받는다. 받은 함[105] 은 큰 방으로 가져가 "복이 왔네" 외치며 개함하고 함진아비를 후하게 대접한다. 이를 '함을 받는다' 고 하며, '함 팔러 간다' 라고도 하는데, 이때 오징어 가면을 쓰거나 숯을 얼굴에 칠하고는 "함 사시오!' 라고 외치며 장난을 걸기도 하면서 혼인의 예를 주변에 알린다. 다만 이러한 관습에 대한 기록은 조선시대에는 보이지 않는 만큼, 그 후에 생겼거나 민가에 흘러내려온 즐거운 관습으로 보인다.

혼인 날이 되면 신랑은 신부 집에 가서 혼인의 예를 치르는데 이를 대례(大禮)라 하고, 신부를 맞이한다 해서 친영이라고 한다. 친

---

101) 조선시대의 혼인평균연령은 16세 이하가 32%, 17-20세가 49%, 21-25세가 17%, 26-30세가 5%였다.
102) 반대인 경우도 있으나 합의에 따른다.
103) 장성한 아들이 결혼을 하게 되어 감사하다는 내용을 담는다. 주로 집안의 어른이 쓰지만 포목 집에서 인쇄된 것을 사용하기도 한다.
104) 납폐함에 넣어 보내는 예물로 주로 비단이다.
105) 함은 오동나무, 은행나무, 종이, 나전칠기 등이 사용되었다. 함에는 청단을 먼저 넣고 홍단을 넣은 뒤 서신을 넣고, 붉은 보자기로 싼 뒤 흰 면포로 멜 끈을 만들어 닭이 울 때 사인이 지고 가는데 횃불이 앞에서 인도한다.

영의 첫 순서는 초례다. 신랑은 혼인 전날 사당과 부모에 재배로 인사를 올리고 부모는 술을 내리며 덕담을 한다. 그 다음 신랑은 기러기를 들고 혼례를 위해 신부 집으로 가게 되는데 이를 초행(初行)이라고 한다.

원래는 살아 있는 기러기를 데리고 갔으나, 나중에는 신랑이 직접 나무 상으로 깎았다고 한다. 기러기는 한번 짝을 맺으면 평생을 같이 하며 하늘을 날 때도 서로 소리로 교류하고, 선두가 지치면 맨 뒤로 보내 비행 부담을 줄이는 균형과 신의, 조화의 철새다. 기러기는 갈대와 함께 그림에서도 자주 등장하는데, 갈대 역시 '蘆'와 '老'를 같은 의미로 해석함으로써 늙을 때까지 변치 않고 해로한다는 뜻을 가졌기 때문이다.

아마 우리 선조들은 이런 기러기의 특별한 면에서 교훈을 얻었을 것이다. 원앙도 언급이 되긴 하지만, 원앙은 짝을 짓은 경우만 금슬이 좋을 뿐 번식기가 끝나면 다시 새로운 짝을 찾아 날아가 버린다. 또한 시골에서는 교배례 때 닭을 사용하기도 했는데, 이처럼 새를 통한 의식은 고대에서부터 사용한 방법이며 우리나라에서는 솟대와 삼족오를 연상할 수 있어 늘 새롭다.

신랑이 신부 집에 향하는 친영 행렬은 사모관대를 갖추고 백마를 탄다. 사모관대는 검은 명주실로 만든 겹 날개 달린 모자인 사모와 두 마리의 학이나 구름 문양의 의복과 각대를 뜻하는 관대를 말한다. 이 사모관대는 조선의 벼슬아치 관복 중에 평상복인데 혼인 때는 평민도 입을 수 있도록 배려하였다. 이동할 때는 금슬을 뜻하는 청홍실이 달린 청사초롱(청사등롱) 4쌍을 배치하거나, 4개의 횃불 든 어린아이를 말 두 필에 태워 인도하게 하는데, 이를 봉거꾼(奉炬軍, 봉촉군)이라 한다.

본래 이 봉촉은 임금이나 왕세자의 성혼이나 책봉 같은 가례(嘉禮) 때 길을 밝히기 위한 횃불이었다. 말 앞에는 징씨(徵氏) 한 쌍을 세운다. 이 징씨들은 그 마을의 후덕한 인물들로서 초립(草笠)을 씌우고 청포(靑袍)를 입힌다. 신부 측에서도 같은 사람을 보내서 맞이하는데, 이때는 "경마를 뺏는다"고 한다. 신랑 앞에 서는 또 한 사람은 기럭아비다. 기럭아비는 검은 옷과 신발, 검은 갓을 쓰고 왼손으로 기러기를 안고 걸어간다.

초례의 다음은 전안례(奠雁禮)가 이어진다. 전안은 신랑이 도착한 다음의 절차로서, 신부 집에서 우선 신랑이 도착하기 전 마당에 자리를 깔고 북쪽에 붉은 빛깔의 초 한 쌍을 피우고 초 모양의 향인 부용향과 둘레는 2촌, 길이가 수척이 되는 갈대 묶음을 붉은 종이로 싸서 기름을 부은 자축을 들고 기다린다. 신랑이 도착하면 집안의 어른이 맞이하는데 대문 앞에 놓은 잡귀를 물리치는 의미의 짚불을 넘어야 한다. 이후 기럭아비가 신랑에게 기러기를 전하면 신랑은 왼손으로 기러기를 받아 상 위에 놓고 두 번 절을 한다.

전안의 다음은 교배례(交拜禮)이다. 신랑이 전안례를 올리는 동안 신부는 머리에 족두리를 얹고 연지곤지를 바른다. 신부는 예식 때는 활옷을 입고 부인 예복으로는 녹원삼을 입었다. 활옷은 조선시대 공주나 옹주가 입던 대례복으로 소매가 넓다. 신랑은 홍색 비단에 신부는 청색 비단에 안감을 쓰는데, 이는 남녀화합을 의미한다. 원삼을 입기도 했는데 원삼은 삼국시대 이전으로 활옷과 유사하지만 일종의 대례복으로 종류가 다양하다.

황후는 황색, 왕비는 홍색, 비빈은 자색, 공주나 옹주는 녹원삼을 입었는데 그 중 녹원삼이 서민층의 혼례에 사용된 것으로 알려져 있다. 여기서 활의(闊衣)라는 명칭은 화의(華衣)에서 화의(花衣)를 거쳐 활의로 변음된 것으로 추측하고 있다. 전북 지역에서는 붉은색 깃이 달린 청원삼, 평양에서는 남색 끝동이 달린 녹색 반회장 저고리를 입었다. 경기도 화성시의 민가에서는 활옷을 입지 않고 노랑 저고리와 빨강 치마를 입기도 하였다.

교배례에서는 교배상을 차리는데, 이 교배상은 대례상, 초례상, 친영상이라고도 불린다. 이 상을 차릴 때는 대나무와 소나무 가지를 꽃병에 꽂아 한 쌍을 준비하고 촛대를 양쪽에 세운다. 밤, 대추, 정화수, 쌀, 콩, 팥 나락 등을 놓고 청색, 홍색 보자기에 싼 암수 한 쌍의 닭, 또는 명태에 싸리나무를 꽂아 다리를 만들어 세운다. 그 밖에 청실, 홍실, 새로 깎은 나무젓가락, 술, 표주박 2개를 준비하고 상 밑에는 세수 대, 손수건을 놓고 홀기에 따라 진행한다.

상의 위치는 남향집을 기준으로 동서로 향하게 하고, 신랑이 북향으로 서게 했는데 지역에 따라 신랑이 동쪽, 신주가 서쪽으로 서기도 한다. 신부는 하얀 천을 밟고 도움을 받으면서 들어서는데 여기서 도움 주는 이를 시자(侍者)라 한다. 마주 선 신랑 신부는 북쪽의 물에 손을 씻고 신랑은 남쪽에 놓인 물에 손을 씻고 수건으로 닦는다.

신부가 먼저 두 번 절을 하고 신랑이 한 번 절을 하는 것을 2회 반복한다. 신랑이 먼저 읍을 하고 꿇어앉는다. 신랑은 시자(侍者)가 따라주는 술을 받아 고시례를 한 후 신랑 신부에게 각각 술을 따르면 같이 마신다. 표주박을 건네고 각각 술을 따르면 표주박을 바꾸어 같이 마신다. 이처럼 화합의 술을 마시는 것을 합근례(合?禮) 또는 근배례(?杯禮)라고도 한다.

다음은 합궁례(合宮禮)이다. 합궁은 첫날밤 의식을 뜻하는 것으로 이때 신랑은 사모관대를 벗고 신부 집에서 마련한 옷을 입는데, 이것을 ‘관디벗김’ 이라 한다. 또한 신랑 신부를 보호하는 동시에 문 종이를 뚫어 구경하며 노는 것을 ‘신방 엿보기’ 라고 한다. 신랑은 조촐한 주안상을 두고 신부의 족두리와 예복을 벗기고 잠자리에 드는데, 이때는 신랑이 남쪽을 향하고 신부는 신랑의 왼편에 눕는다. 신랑이 동쪽, 신부가 서쪽에 자리하기도 한다.

신부 집에서 첫날밤을 보내고 신랑 집으로 가는 절차를 해현례(解見禮), 우귀(于歸) 또는 신행(新行), ‘신부례’ 또는 ‘풀보기’라고도 하는데, 이를 “시집간다”라고 하고 ‘해묵이’, ‘달묵이’, ‘삼일신행’ 으로 행하다가 ‘당일신행’ 으로 변했다.

신행 때 신부는 형편에 따라 가마나 인력거를 탄다. 가마는 네 사람이 맨다고 해서 사인교(四人轎)라고도 하는데 겉에는 바가지를 달며 위에는 호랑이 가죽을 씌우기도 하고 가마 안에는 ‘오강’ 을 넣어준다. 신랑은 말을 타거나 걸어서 가지만 신랑도 가마를 타는 경우가 있었다. 신부가 신랑 집에 도착하면 사람들이 콩, 팥, 목화

씨, 소금 등을 뿌리고 대문 안에는 짚불을 놓아 신랑신부가 건너오
게 하였다.

통상 혼례일 다음날이나 신랑 집에서 하룻밤을 보낸 다음날, 신
부가 시부모에게 인사를 올리는 것을 부현구고(婦見舅姑), 현구고
례(見舅姑禮), '폐백(예단) 드린다' 라고 한다. 집안에 따라 사당에
인사하는 경우도 있는데, 이것은 현묘(見廟)라고 한다. 신부의 친정
은 시댁의 사당에 제를 올릴 수 있도록 12가지 음식을 준비해 보냈
는데, 후에는 이것이 시댁 어른들께 선보이는 음식으로 바뀌었다.

이것을 '이바지 음식' 이라고 한다. 시부모에게 인사를 하는 경
우는 대추, 밤, 닭, 술, 고기, 엿 등을 준비하고 맏며느리인 경우는
구(호깨나무), 개암, 포(脯), 수(脩, 저민 고기 찬) 등을 더해 교자상에
준비하고 인사를 올리는데, 네 번 또는 두 번 절을 하고 술을 올린
다. 이때 시부모는 신부의 치마폭에 대추를 던져주며 부귀다남을
기원하고 예물을 주기도 하며, 신부는 옷, 버선 등을 드리기도 한
다. 『의례(儀禮)』에는 시아버지를 뵐 때는 대추와 밤을, 시어머니를
뵐 때에는 단수(마른 고기를 두들겨 새앙, 계피가루를 섞어 저미어 만든
반찬)를 예물로 한다고 적혀 있다. 대추와 밤은 스스로 삼가고 경건
한 뜻을 취함이고, 단수는 단단하게 스스로를 바르게 닦겠다는 뜻
이다. 시할아버지와 시할머니가 계시면 먼저 뵙고, 직계형제들과
는 맞절을 하며 신부는 평절을 한다. 직계가족을 제외한 윗분은 큰
절 한 번이다.[106]

---

106) 조천래, 앞의 논문. 화성시, 『화성의 민속』. (M&B, 2006). 무주군, 『향토문화재지』,
　　 (무주 : 미문인쇄공사, 1994).

이후 신랑이 신부와 함께 다시 신부 집에 가서 인사 올리는 것을 재행(再行)이라고 하며, 저녁에 동제간의 교유를 위해 신랑을 달아매는 의식을 하는데 이를 동상례(東床禮)라 한다.

그런데 안타까운 것은 이런 절차들이 아무리 살펴도 중국의 영향을 받은 흔적이 많다는 점이다. 민가에서 이루어진 혼인의 의미를 찾아 정리한다면 새로운 시각의 혼인 방법을 구할 수 있지 않을까?

복잡하고 까다로운 절차 때문에 간편한 서양식 결혼식을 많이 하기도 하지만, 2000년 이상 유지해온 처가살이 혼과 시집살이 혼, 그리고 서양 혼례 방식의 장점을 응용한다면 오히려 우리의 전통 의식을 유지하면서 건전하고 자부심을 갖는 혼례 문화가 생성되지 않을까 싶다. 나아가 한국식 결혼을 수출할 수 있는 가능성도 충분히 있다. 예를 들어 우리의 혼인 복식은 복잡하다. 왕이나 왕비가 입는 형태를 유지하되 한국의 특징인 실용성과 단아함과 품위와 의미를 동시에 만족하는 도안은 없을까? 혼인의 순서도 지나치게 어려운 한문 이름을 빼면 쉽게 다가올 것이다.

혼인은 남녀 간의 만남에서 시작된다. 하지만 결코 둘만의 혼인은 아니다. 가족과 이웃이 동참해야 하고 어려울 때 서로 도울 수 있는 공감대를 지속적으로 형성해야 한다. 이른바 가족이 반대하는 사랑이 어려운 것은 도움의 손길을 받을 수 없기 때문이다. 또한 혼인은 외형적 가치보다 인생관의 궁합이 맞는 내면의 가치가 중요하다. 우리 부모님들은 사랑한다는 말을 평생 한 번도 제대로 하지 않았다. 그럼에도 서로의 사랑을 충분히 느낄 수 있는 것은 가슴으로 느끼는 내면의 사랑이 더 컸기 때문이다.

그렇다면 혼인의 예를 통한 우리만의 과정도 만들어볼 수 있다. 먼저 혼사의 협의를 의혼(議婚) 또는 혼의라고 하는데, 민가의 방식으로 혼담이라 하는 것이 좋겠다. 납채는 서로 승낙의 편지를 주고받는 것인데, 혼인 승낙과 더불어 각각의 집안이 서로 인사하는 것을 흔히 상견례라 하니 이것으로 대체가 가능하다. 각 집안의 이해를 돕고 마음을 글로 전달하기 위한 편지의 왕래를 하며 건강함을 증명하고, 준비된 사주를 주고받는 정도면 될 것이다.

혼인 전날 혼서와 채단을 보내는 것은 납폐인데, 또한 민가에서 행하기에는 함 팔기라고 한다. 이는 주변에 혼인을 알리는 일로서, 오징어 가면을 쓰고 밀고 당기면서 우리들의 정감을 공유할 수 있는 매우 바람직한 관습이다.

혼수는 남녀 간의 사회적 결합에 필요한 최소한의 물품들을 의미한다. 혼인은 두 사람이 잘 살기를 바라는 마음으로 치루는 일이니, 주변을 지나치게 의식해서 비싼 혼수들을 주고받는 것은 극히 피해야 할 일이다. 오히려 두 집안이 대대로 이어가야 할 정신적 문제를 상징하는 물목이 진정한 혼수가 될 것이다. 친척에게 드리는 선물도 단순한 선물 외에는 준비하지 않는 풍속이 마련되면 좋겠다.

혼인날 의례를 대례라 하는데, 이 또한 대사, 또는 혼례식이라는 용어가 적합할 것으로 보인다. 또한 혼례를 치르기 위하여 신랑이 자가용 대신 청사초롱과 함께 백마를 타며, 신부도 집안에만 있지

말고 청사초롱과 함께 백마가 끄는 가마를 타고 예식장을 갈 수 있
다면 참으로 보기에도 좋은 일이 될 것이며, 백마로부터 우리의
'밝' 사상을 전할 수 있고 관광적 요소로도 부족함이 없을 것이다.

교배상도 혼례상으로 부르되 대나무, 소나무, 닭, 밤, 촛대, 나락,
정화수 등은 반드시 준비해야 할 것이다. 대나무와 소나무는 절개
를 의미하고,[107] 밤은 조상이 남겨준 교훈을 따르는 일이며, 대추는
다산을, 닭은 삼신을 의미하고 그 뜻을 잇는 일이며, 마른 명태는
시간이 지나도 변하지 않고, 명태의 아가리와 붉은 싸리나무는 잡
귀와 부정을 막으며, 표주박은 영원히 변치 않는 혼연일체라는 의
미가 있고, 정화수는 보지 않아도 서로의 기운을 이어갈 수 있는 매
개물이 되기 때문이다.

요즘은 예식장 문화가 보편화되어 있어 편리하긴 하나 의미는
얕고 정감은 부족하다. 신랑 입장 때 기러기를 가지고 지푸라기를
타고 넘는 것, 신부가 입장을 할 때에는 하얀색 천이나 붉은색 천을
밟고 입장하는 것도 그 가치를 잇는 일이다. 전통혼례에서는 절하
는 것을 '일배', '이배' 라고 쓰지만 '신랑신부 맞절' 이라는 말이
훨씬 정겹다. 또한 맞절 때 신부가 두 번 절하고 신랑이 한 번 절하
는 것은 균형 잡힌 음양이론에 어긋난다.

고시례는 상고사에서 농업을 주관하는 농사의 신으로, 들에서
음식을 먹을 때는 반드시 "고시례" 하며 첫술을 떠서 주변에 뿌렸

---

107) 정형진은 『천년왕국, 수시아나에서 온 환웅』이라는 책에서 닭을 다음과 같이 말했다. "동명신화
에 보이는 계란 같은 기운은 관념의 새인 태양새가 낳은 알인 태양의 기운을 가리킨다. 그리고 동명이
살던 문화권에서는 태양새를 닭으로 인식했다."

는데 혼인 풍속에서도 같은 의미다. 혼인식을 신부 쪽에서 치르고 신혼여행을 마치면 신부 집에서 해맞이를 하는 것도 좋겠다. 신부가 신랑과 함께 친정에서 어린아이를 낳고 지내다가 시댁으로 들어가는 것은 남녀의 동등함을 의미하며, 아이에게는 아버지와 어머니의 집을 동시에 추억할 수 있는 좋은 계기가 된다.

농사를 짓지 않으니 해맞이, 달맞이가 어렵다면 '칠일맞이', '삼일맞이' 정도는 가능할 것이다. 또한 처음부터 양측 부모와 떨어져 독립해서 산다 해도 시댁과 친정을 고루 찾아 가풍을 잇는 것은 서로를 이해하는 중요한 덕목이다. "여자는 시집 가면 그만이다", '출가외인' 같은 일방적 개념은 이제 사라져야 한다.

신행과 재행도 모두 신혼의 의례다. 재행은 신행으로 줄여도 무방할 것이며, 현구고례보다는 '폐백 드린다'가 쉽다. 특히 이바지 음식은 순 우리말, 우리 풍속인 만큼 더 애착을 살려 실행해야 한다. 동상례라는 말도 어렵다. 그저 '신랑 다루기' 정도면 좋고, 심하게 다루는 것은 삼가야 한다.

어떤 분야이던 우리의 전통 방식을 어렵다고만 하지 말고 개선해서 그 고유성을 유지하고 발전시켜 오히려 역수출 할 수 있는 기회를 가꾸어가야 한다.

죽음 : 정신의 유산을 남기는 일

한국 사회에서도 노인 문제는 큰 걱정거리다. 핵가족에서 떨어져 나온 노인들을 요양 시설이나 정부 지원으로 보호한다 해도 곁에서 보살피는 대가족 시대만은 못할 것이며, 도움의 손길에도 한계가 있을 것이다. 따라서 비록 경제적인 여건은 불리하더라도 노인들 스스로의 해결책을 찾는 것이 중요하다. 농사일을 하거나 자기 사업을 하지 않는 이상 대부분의 사람들은 결혼을 하고 자식을 낳아 어느 정도 키워놓으면 갑자기 할일이 없어진다.

이 때문에 자식을 적게 둔 현대에서는, 부모가 자식이 혼인한 뒤에도 계속 관여하려는 경우가 많다. 이는 정신적으로 허무해진 상태에서 오십견, 우울증, 갱년기(노쇠) 같은 신체적 어려움까지 겪으므로 극복이 쉽지 않다.

그러나 우리의 전통에는 이런 것들을 다양하게 극복한 훌륭한 예들이 있다. 이를테면 "16은 청춘이요 61은 환갑이라"는 말이 있다. 환갑 이후에 또 다른 청춘을 맞이하고자 노력하는 삶, 그것이 우리 선조들, 나아가 우리네 인생살이이다.

사업도 좋고, 남은 날을 즐기는 것도 좋고, 다른 일을 하는 것도 좋지만 지난 인생을 겸허하게 돌아보며 내일을 살필 수 있는 혜안을 기르고 죽음을 또 다른 탄생의 가치로 정리해 후손들에게 물려줄 수 있다면 얼마나 좋겠는가?

이 세상에서 가장 큰 보험은 유산(遺産)이다. 유산이라 하면 대부분 물질만 생각하지만, 정신적인 것도 유산이다. 노인의 다양한 경험이나 학문적인 입장, 전체를 보는 안목 등이 바로 그것이다.

우리 조상들이 남긴 황혼을 즐기는 방법은 매우 다양하다. 앞서 등장한 수중은 물론 선도(仙道), 단학(丹學), 택견, 문집(文集), 서예, 그림 등이 그것이다. 그러나 이것들은 어느 정도 경제적인 뒷받침이 되지 않으면 할 수 없는 일이다.

또 하나 대부분이 우리 원형을 잃어버린 상황이라 자긍심을 갖기 어렵고, 실제로도 이를 중국, 일본이나 서양의 문화로 오해하는 경우도 있다.

즉 올바른 우리의 원형을 찾아 익히는 일은 많은 시간을 필요로 하는 만큼, 시골에 살면서 산과 강을 보호하며 자연과 더불어 사는 삶도 좋을 것이다.

그러나 돈 있는 이들은 시골에 살려 하지 않는다. 병원이나 문화 시설도 적고 시골의 분위기에 적응하기가 어렵기 때문이다. 그러나 병원이 멀어 불안한 것은, 하루에도 수 십 명씩 사상자가 발생하는 도시의 사고들에 비하면 별일도 아니며, 오히려 건강이 악화된 경우에 일부러 시골을 찾는 것을 보면 병원이나 문화 시설의 부족은 큰 이유가 될 수 없다. 오히려 육체의 건강이란 적당히 일하고 불편해야 유지되는 것이다. 다만 시골 분위기에 적응하려면, 긴 시간을 두고 자주 왕래하며 정보를 수집하고, 혼자서도 고독함을 즐기며 지낼 수 있는 준비가 필요하다.

사실 시골에서 작은 텃밭 하나와 귀여운 염소 한 마리만 길러도 동물 때문에 이동이 불편하고, 육체적인 수고로움을 감수해야 한다. 그럼에도 노인층들이 다시 시골을 찾는 것은 사회적으로 매우 큰 영향력을 가진다. 일단 텅 빈 농촌을 채울 수 있고, 도시의 경험을 농촌에 적용할 수 있으며, 자손들에게 시골의 넉넉함을 보여줄 수 있어 좋고, 젊은 도시인들에게 정신적인 위로를 줄 수 있으며, 모두에게 도시와 시골을 잇는 마음의 고향을 심어줄 수 있어서다.

우리는 구들방에서 양반다리를 자연스럽게 하는 민족이다. 수행의 기본이 되어 있다는 뜻이다. 요가도 좋지만 도시의 번잡함을 피해 책을 읽고 쓰며 자연과 벗하여 독특한 유산을 만들어가는 삶도 좋지 않겠는가?

황혼의 가장 훌륭한 가치는 '남기는 것'이다. 그래서 우리 선조들도 죽음을 탄생 또는 생명이라는 의미로 이해했는지 모른다. 그들은 죽음을 맞이하는 일에도 복잡한 절차와 순간의 의미들을 담아 수 천 년을 지켜왔다. 장례문화도 뒤죽박죽되어 있어 개선해야 할 부분이 있지만, 여기서 간단히 그 방식과 의미를 소개해 보기로 한다.

우리 선조들은 죽을 때가 되면 무덤 자리를 준비해 후손들의 수고를 덜어주는데, 이로 인해 "죽기 전에 수의나 터를 준비하면 장수한다"는 말이 생겼고, 이를 가묘라고 한다. 그런데 이 가묘는 죽음만 생각하는 것이 아니라, 죽음을 대비하면서도 삶의 의욕을 잃지 않기 위한 하나의 역발상이다. 일단 가묘를 하지 않고 중장비를 사용해 갑자기 관을 묻으면 주변의 흙과 물로 인해 무덤과 관이 처음 지역을 이탈할 수 있으며, 관 주변의 공간이 넓어 물이 고일 수도 있다. 따라서 가묘를 준비하려면 관 크기에 맞도록 가급적 손으로 파야 한다. 교훈적 의미로 보자면 이는 '삶의 가치를 깨닫고자 하는 관(무덤) 체험'일 것이다.

　우리 조상들은 임종의 순간에도 익숙했다. 죽음이 임박하면 그 허리 밑에 손을 넣었을 때 손이 들어가지 않고 숨 쉬는 것이 약해지며 가래 끓는 소리를 낸다. 그러면 어르신들은 "준비해야겠네!", "방 비우지 말게!"라고 알리며 마을에 돌아와서는 "며칠 가지 못할 것 같아!"라고 보다 구체적으로 이 사실을 전하곤 했다. 그때부터 가족은 사방을 조용히 하고 두 손을 잡고 지켜본다. 망자가 눈을 감아도 귀는 마지막까지 열려 있으니 마지막 길에 서운한 이야기가 들리지 않도록 조심도 한다.

　또한 임종이 끝나면 망자가 입었던 저고리를 벗겨 지붕 위에 던지며 운명 소식을 외쳐서 알리고 그 뒤에 "복! 복! 복!"을 붙였다.

　여기에서 복은 돌아올 복(復)을 의미하며, "입던 옷을 보고 다시 돌아(소생)오세요!"라는 뜻이다. 이를 복례라고도 하는데 죽음을 바로 받아들이지 않고 다시 소생할 수 있는 가능성을 염두에 둔 의식이다.

　임종이 최종으로 확인되면 망자를 바로 하며 필요 부분을 막고 망자를 데려가는 사자를 위한 사자상(使者床)을 차린다. 짚 또는 왕겨를 열십자로[108] 놓고 태운 뒤, 뒤꿈치 없는 짚신 3켤레, 동전 세 닢, 간장(된장) 한 사발, 소금 한 바가지, 밥 세 그릇 등을 사립문에 놓고 세 번 절을 하며 제를 지내기도 한다.

　뒤꿈치가 없는 짚신은 망자가 빨리 걸어 떠나지 않기를 바라는

---

108) ㄱ자와 함께 칠성(ㄱ, ㄹ) 또는 하늘(제단) 등을 의미한다.

마음이며, 소금과 간장은 가는 길에 짜게 먹어 물가에서 물도 마시며 천천히 가라는 의도다. 사자상은 잠깐 차렸다가 물동이에 밥과 간장을 말아 길 위에 뿌린다. 이를 '무새물'이라고도 하는데 무쇠목숨(죽지 않는 굳센 목숨)의 무쇠에서 파생된 말로 추측된다. 또한 태운 짚을 길 위에 뿌리는데, 이는 길거리의 모든 잡귀신을 대접하는 것으로 망자를 하늘에 잘 부탁한다는 의식으로 해석된다.

이후 자손들은 머리를 풀고 곡을 하는데, 남자는 본래 유학자의 예복인 심의(深衣)로, 여자는 흰 옷으로 갈아입는다. 이때 남자는 소매를 걷어 올리는데, 아버지 상에는 왼 쪽을, 어머니 상에는 오른 쪽을 드러내며 앞섶을 여미지 않고 옷고름만 매고 입는다. 이는 고인의 죽음 앞에 서둘러 상복을 입는 것은 죽음을 쉽게 인정하는 것 같아서다. 그래서 대렴 즉 입관이 끝난 후에 비로소 성복(成服)이라 하여 절차를 갖춰 소매를 내리고 입는다.

염(殮)은 수의를 입히고 칠성판을 이용해 일곱 번을 묶고, 관도 일곱 번을 묶되 하관 시 한 번에 풀어지도록 한다. 이 때 나타나는 '칠자'도 하늘을 상징한 것으로 보인다. 반함(飯含)은 상주가 망인의 입에 쌀을 버드나무로 만든 수저로 세 번 떠 넣으며 "천석이요", "이천석이요", "삼천석이요" 하는 의례인데, 저승으로 가는 길에 노자로 사용하고 그로 인해 아랫대가 잘 풀리게 해달라는 의미를 담고 있다. 버드나무는 물가를 좋아하고 이른 봄에 싹이 돋는 생장 능력이 좋은 나무이다. 민가에서는 이를 신성하게 여겨 저승에서도 잘살아 달라는 의미로 버드나무 수저를 사용하였다.

관을 덮는 판은 천판(천개, 天蓋)이라 하는데, 천판의 안쪽에는 하늘 천(天)을 쓰고 네 귀퉁이에는 바다 해(海)를 써 입관을 마치고 영실(靈室, 영호)을 마련해 조석으로 곡을 하며 조문객을 맞는다. 영실 앞에는 '모사그릇'을 놓는데, 모래는 땅(육신)을 의미하고 향은 혼백을 의미한다.

상여가 나가기 전날에는 상주를 위로하고 슬픔을 같이하며 새로운 탄생을 의미하는 빈 상여를 메고 '깽맹이(꽹과리)'를 치는가 하면 밤새 '상여소리'를 하며 놀았다. 이를 장수 지역에서는 '대 어르기', 또는 '제뜨리(대뜨리)'라고 한다. 상여의 모습에 대해서도 "먼데사람 보기 좋고, 저태(곁에) 사람 들기 좋고"라고 하였다.

또한 사람은 죽을 때까지 가마를 두 번은 타야 하는데, "살아서 가마 타고, 죽어서는 상여 타고"라고 했으며 비슷한 의미로 "밑에는 살고, 가운데는 죽었는데, 위에서 꽃이 피는 것은 상여다"라고 함으로써 죽음을 꽃으로 승화시켰다. 장례는 이처럼 슬픔과 기쁨이 은근히 교차하는 현장인 것이다.[109] 상중에 '노는 모습', 그리고 상여 모습이 들기 좋고 보기 좋아야 한다는 생각, 삶과 죽음 모두가 꽃가마 타는 일이라는 생각들은 죽음을 새로운 탄생의 가치로 보려 하는 시각이었음이 틀림없다. "고산 명당은 야산 무에[110] 무덤만 못하다"는 말이 있다.[111] 풍수에 입각한 명당도 중요하지만 가까이서 자주 찾을 수 있는 명당도 중요하다는 의미다. 최근 우리는

---

109) 장정웅(남, 67세)
110) 무(畝), 전답을 의미하는 것으로 보인다.
111) 고홍기(남, 68세)

화장이나 수목장을 선호한다. 하지만 여기에도 문제점은 있다. 화장을 한 후 석물을 하면 수 백 년 동안 보관해야 하며, 수목장은 흔적이 너무 빨리 사라진다.

　어쩔 수 없는 죽음을 새로운 탄생의 가치로 승화하며, 기존의 상식을 거꾸로 생각해 보는 일은 늘 창의적인 것이다.

3장

미래 한국 바라보기

1

통일 나라에 핀 무궁화 꽃, 그리고 아리랑

무궁화(無窮花)는 한자로 목근(木槿)[1] 순영(蕣英), 훈화초(薰華草) 등이라 한다. 그리고 무궁화는 우리가 만든 이름이다. 이것이 목근화에서 비롯되었다는 주장도 있으나 '무우게' 나, '무쿠게', '무강나무'[2] 등으로 불려졌다는 면에서 무궁화의 이름은 순 우리말이 먼저였음을 알 수 있다.

『한단고기』에는 "삼신의 단을 봉축하고 '한화(桓花)'를 심다"라는 구절이 나온다. 한화는 한인 나라의 꽃으로, "하늘 꽃인 무궁화를 의미한다" 했고, "국자랑(國子郎)[3]은 돌아다닐 때 머리에 천지화(天地花)를 꽂았으므로 이들을 천지화랑(天地花郎)이라고도 불렀다"고 했는데, 여기서 천지화랑은 나라를 대표하는 사람들이므로

---

1) 여기서 槿은 우리나라의 다른 이름.
2) 무우게는 김정상의 논문(1923), 무쿠게는 일본으로 건너간 무궁화의 이름, 무강나무는 시골에서
   부르는 이름이다.
3) 단군시대의 화랑

천지화도 무궁화로 생각할 수 있다.

무궁화는 영어로 'Rose of Sharon'이다. 여기서 샤론은 이스라엘 지명인데 성경에 샤론은 '성스러운 땅', 샤론의 꽃은 '성스러운 땅에서 나는 신에게 바치고 싶은 꽃' 등으로 해석한다. 이는 솔로몬이 여인을 노래하는 시의 한 구절이기도 하다. '샤론의 꽃'은 샤론의 장미 또는 수선화로도 해석되는데, 미국에서 지칭하는 무궁화가 샤론의 장미라 하니, 미국과 이스라엘과 한국은 무궁화로 관련되어 있는 게 틀림없다.

이런 사실들을 보면 비단 지금뿐 아니라 아주 오랜 옛날부터 나라꽃이 있었고, 다른 민족도 비슷했음을 알 수 있다. 그렇다면 이 나라꽃들은 그 나름의 의미와 함께 국제적인 관계 속에서도 충분히 살펴볼 수 있는 지점이다.

『무궁화 꽃이 피었습니다』라는 소설이 있다. 이는 핵을 연구하여 주변국과 대응한다는 내용으로서 민족 자긍심을 일으키는 데 큰 역할을 했다. 그러나 문득 생각해보면 이 소설을 읽고 일본을 미워하게 된 이들이나 운동 경기에서도 한일전만 보면 핏대를 세우는 이들이나 그리 좋아 보일 것은 없다. 무조건 대립각만 유지하면서 서로를 비판하고 미워하는 것이 과연 누구에게 도움이 될까?

소설 속의 이야기나 운동 경기나 민족 정서를 지나치게 강조하다 보면 결국은 조화력을 잃을 수밖에 없다. 즉 현실에서의 대치 상황에 몰두하기보다는 보다 차원 높은 대응을 통해 서로 배워가거나 차근차근 월등한 준비를 해야 한다. 그것이 진정 올바른 선택일 것이며, 무궁화가 선물하는 가치인 것이다.

무궁화는 아침에 폈다가 저녁에 봉우리를 닫지만, 꽃 자체는 어느 꽃보다도 오래 가기 때문에 은근과 끈기를 상징한다. 인생도 마찬가지다. 수천 수만 년의 역사 속에서, 한 사람의 인생은 비록 무궁화의 한 떨기일지 몰라도, 그 문명과 역사는 계속되어야 한다.

나아가 외국의 나라꽃들이 황실이나 귀족을 의미했다면 우리의 나라꽃은 백성의 꽃이다. 무궁화는 각종 석조물이나 건축물, 울타리나 가로수 등에 친근하게 사용되어왔고, 잘 키우면 사람 키보다 훨씬 클 수 있다. 무궁화 놀이동산이나, 무궁화 축제나, 무궁화 예술 거리, 무궁화 관련 박물관 등은 왜 없을까?

아리랑도 그립고 아쉬운 우리 것이다. 내가 어릴 때 우리 부모님들은 춤이라고는 아리랑 춤 밖에 몰랐다. 한 팔은 아래로 한 팔은 위로 다리를 덩실대면서 추는 춤은 꼭 천지인을 닮았다. 팔목을 구부리는 아리랑은 하늘을 가리키지만 찌르지는 않았고, 땅을 가리키지만 누르지 않았다. 우리 민족을 가리켜 표현한 말이 있다.

"무리를 지어 노래하며 춤추며 수십 인이 함께 일어나 서로 따르며, 땅을 구르며 몸을 낮췄다 높였다 하며 손발이 서로 장단을 맞춘다."

또한 『단군세기』에는 "닷새 동안 크게 백성과 더불어 연희를 베풀고 불을 밝혀 밤을 지새우며 경을 외우고 마당밟기를 하였다. 한쪽은 횃불을 나란히 하고 또 한쪽은 둥글게 모여 서서 춤을 추며 한(桓)을 사랑하는 노래를 함께 불렀다"는 구절이 있다.

아리랑, 강강수월래, 풍물, 『천부경』 모두가 떠오른다.

최근 아리랑이란 말을 다양하게 해석하고 있지만, 확실히 밝혀진 바는 없다. '알', '얼' 이란 말도 있고, 슬픈 한(恨)의 노래라는 말도 있다. 아리랑 고개는 민족이 이동하면서 겪었던 애환이라고도 한다. 또한 '어웬키족' 이 아직도 사용하고 있는 말이기도 하다.

어웬키족은 기원전 2000년 전 바이칼 호 동쪽 광활한 삼림지역에서 살던 사람들로 말갈과 가깝고 여진과도 관계가 있는데 '쓰리랑, 아라리, 아리, 쓰리' 라는 말도 사용한다. 그들이 뜻하는 아리랑은 '맞이하다' 와 '참고 받아들이다' 인데 현재의 아리랑 가사와 의미가 같다.[4]

그 의미조차도 추측에 맡길 수밖에 없는 우리 민족의 노래와 춤, 과연 언제나 속시원히 밝혀질 것인가?

남궁억 선생은[5] 평생 독립 운동을 하셨다. 뒤세대에게 애국심을 선사했고, 죽어서도 자연에 보탬이 되고 싶어 거름자리에 묻어달라고 했다. 또한 땅덩어리가 크다고 큰 민족이 아니며 땅덩어리가 작아도 위대한 인물이 많이 배출되어야 한다고 하셨다.

많은 이들이 지금 우리나라를 정치적으로 타락하고, 경제는 불안하고, 사회는 혼란스럽고, 도덕성이 상실된 나라가 되어가고 있다고 말한다. 바로 위기인 것이다. 그러나 위대한 인물은 난세에 탄생한다고 하듯, 저 남궁억 선생처럼 위대한 지도자가 나타나기를 바라본다. 나아가 미래에 대한 안목을 가지고, 정직하고 성실히

---

4) 정형진, 앞의 책.
5) 1863~1939. 독립운동가, 언론인, 교육자.

　마음으로 세상을 탐하라

자신의 몫을 수행해내는 지도자는 그 사회를 이끌어 가는 전체 집단의 생각 기준 즉, 사회적 환경에 달려 있다는 점도 기억해야 한다.

쉽게 생각해 보자. 자연과 함께 살고 싶어서 농촌으로 들어왔다는 귀농인의 창고에 조선 솔을 자른 가지들이 수북하다. 어떤가? 아무리 환경을 아끼자고 해도 그것이 실천이 되지 않으면 소용없다. 이런 실천력은 평소의 교육과 관습과 개인과 집단의 판단력의 강약에 따라 달라지는데, 바로 이것을 통틀어서 문화라고 한다.

문화의 힘은 세상의 판단을 좌우하며, 불가능할 것 같은 일을 가능하게 한다. 통일도 마찬가지다. 말로만 하면 언제 이루어질지 모른다. 구체적인 준비와 작업이 필요하다. 가장 쉬운 건 정치적으로는 체제가 다르니 민간이 자주 접촉하고 경제를 나누며 문화를 교류하는 일이다. 북한의 체제를 직접적으로 비방하고 견제할 필요도 없다. 왜냐하면 북한은 현재 경제, 군사, 국제관계에서 남한의 절대적인 비교 상대가 아니기 때문이다. 그리고 돈도 별로 들지 않고, 머리도 안 아프고, 원하는 통일을 이루는 가장 좋은 방법은 민간인들이 자유롭게 교류할 수 있는 공통의 문화 꺼리를 만들어 내는 일이다. 이것도 어렵다고 할 것인가?

삼천리강산에 핀 무궁화 동산에서 모두가 아리랑을 노래하고 춤추며, 서로를 다독일 수 있을 날을 손꼽아본다.

2

미래를 위해 무엇을 준비할 것인가?

어릴 때 아버지에게 들은 신비로운 이야기가 하나 있다. 도술을 부리는 한 도사가 공중을 날고 안개를 피우며, 축지법을 써서 하루에도 동에 번쩍, 서에 번쩍, 수백 리를 다니면서 좋은 일을 한다는 것이다. 또한 그 모습이 보통 사람들에게는 보이지 않는다는 것이다.

물론 나는 그때도 지금도 그 말을 모두 믿지 않았다. 다만 수련활동을 하는 사람들이 많으니 노력하면 정신세계에서라도 그런 세상을 경험할 수는 있겠다는 막연한 생각은 있었다. 그러나 지금 우리는 영험한 정신세계 이상의 것, 즉 미래를 위해 지향해야 할 바들도 함께 과제로 가지고 있다. 현재 적용되고 있는 전통 문화의 계승이나 활용은 사실 막연한 것들이 너무 많다.

그렇다면 『천부경』과 한 철학에서는 무엇을 얻고, 그것을 현실에 어떻게 적용할 것인가? 기란 무엇인가? 수중은 어떻게 적용할 수 있고, 그 실천적 과정이 과연 잘 밝혀져 있는가?, 자연과 닮은 삶 이란 무엇인가? 약초나 잡초의 활용은 얼마나 과학적으로 증명되 었는가? 옛것이 좋다고 무조건 옛날로 돌아갈 것인가? 아니면 대한 민국의 미래를 위해 지금 이 순간, 무엇을 할 수 있는가?

이런 생각들을 하다 보면, 당장은 정답이 없는 것처럼 느껴진다. 하지만 차분히 연구하고 집중한다면 반드시 답이 있으리라는 믿음 을 놓아서는 안 된다.

가장 먼저 드는 생각은 '대한민국' 하면 곧바로 떠오르는 상징 물의 필요성이다. 요즘에는 이런 걸 브랜드라고 하지만 여기서는 상징물이라고 하자. 대한민국의 상징을 뭐로 삼을 수 있을까? 1만 년의 역사는, 비록 그 역사는 유구하지만 작고 변방의 나라인 만큼 차별화나 호기심을 자아내기 힘들다. 『천부경』은 모르는 사람이 더 많다. 국보 1호인 숭례문도 중국이나 일본보다 뛰어나다고 볼 수 없다.

즉 우리에게는 우리를 특화하고 세계가 공감할 수 있는 꺼리가 필요하다. 예전에는 정신을 팔면 혼줄이 났지만 거꾸로 이제는 정 신을 팔아보자. 바로 한글이다.

한글은 우수성에 대한 설득력이 커서 대내외적인 활용에 매우 유리하다. 그동안 묻혀 있었던 서예와 문방사우도 일상으로 되돌 릴 수 있을뿐더러, 상품 도안, 문학, 예술, 철학을 전파하기 좋다. 결 국 외국과의 문화 교류도 깊이가 달라질 수 있다. 따라서 아직 살

아 있는 순 우리말을 조사하고 정리해 순 우리글을 보급하는 동시
에 이를 문학과 연결해야 한다. 우선은 길거리 이름과 마을 이름부
터 순 우리말로 바꾸자. 국가 간 운동 경기와 문화교류를 통해 한
글 유행어를 만드는 것도 좋다. 상형과 연결하는 것도 괜찮으며, 한
복뿐 아니라 양복에도 한글을 도안하자. 즐겁게 준비 할일이 참 많
은 것이다.

　둘째는 상고사의 정리와 『천부경』, 나아가 한 철학의 활용이다.

　세상에 뿌리 없는 인간은 존재하지 않듯이, 역사 정리는 민족과
국가에 매우 중요한 일이다. 현재 이런 상고사에 대한 유적과 서적
이 존재하는 한 손 놓고 있을 때가 아니다. 중국과 유럽을 넘나드
는 장기간의 순수 학술 연구 등 다양한 연구를 지원해야 한다. 또
한 『천부경』과 한 철학도 우리를 차별화할 수 있는 우리 것이지만
정리도 미흡하고 대내외적 인정이 부족하다. 다소 내용을 변경하
더라도 그 학문적 입장과 문화적 입장을 고려해 국가적 차원에서
체계적으로 정리해야 할 것이다. 민족의 철학은 역사와도 매우 깊
은 관련성을 갖는다. 『천부경』이나 지금까지의 정서로도 한 철학
의 정리가 가능할 것이다.

　그런 뒤에는 이것이 구체적으로 교육되어야 한다. 좋은 생각을
나누는 것을 싫어하는 사람은 없다. 어린아이부터 예술가, 한류를
이끄는 이들도 이 교육을 받도록 하여 파장 효과를 높이고, 그 뿌리
가 깊어 개인의 일상과도 맞닿도록 해야 한다. 그리고 세계로 나아
가자. 우주를 생각하고 평화 공존의 원칙을 세우고, 주변 국가와 세

계의 중심으로 거듭나는 문화적 행위들을 공유해나가야 한다.

셋째, 주변국과 동질감을 공유할 수 있는 문제를 찾아 같이 고민해야 한다. 중국과 한국은 최소 5000년 이상 관계를 맺어왔다. 현재는 미국과의 관계가 더 크지만, 중국과도 이웃사촌으로서 충분히 서로를 존중할 수 있다. 이는 서희의 담판외교와도 그 성격이 유사하다. 중국의 문제인 중화주의를 경계하되, 중국이 우리를 협력자로 충분히 인정할 수 있도록 해야 한다. 우리가 원하는 것을 중국 스스로 지지하도록 만들어야 한다.

예를 들어 현재 중국 농촌은 나날이 황폐해지고 있다. 바로 도시화의 진행 때문이다. 따라서 우리가 겪었던 새마을 운동 같은 도시형, 싹쓸이 형태의 발전을 만류해야 한다. 농촌의 문화와 환경을 유지하면서도 서서히 경제적 발전을 추구해야 탈이 안 나고 장차 문화강국으로 진행할 수 있음을 알려야 한다. 만일 중국의 농촌이 우리나라처럼 된다고 생각해보자. 황사현상이나 황해의 오염 등으로 우리나라도 엄청난 피해를 볼 수 있다.

우리는 새마을 운동의 경험이 있다. 따라서 그 장단점을 보완해 중국의 전통문화 특히 시골 문화를 보존하고 중국식의 발전 방향을 세울 수 있는 연구를 도와야 한다. 그러한 행동들은 중국으로 하여금 중화주의가 아닌 주변국과의 공감대가 더 귀중한 것임을 알게 할 것이다. '윈윈 전략' 이 별 것 있겠는가?

일본도 마찬가지다. 때로 싸우고 협력도 한다. 다만 일본은 과거도 현재도 행동이 지나쳐서 문제다. 그러나 우리가 월등히 잘 살면 그 문제도 해결된다. 그렇다면 또 어떻게 잘살 것인가?

이 문제도 중국의 경우처럼 협력으로 해결할 수 있다. 과거 백제의 경우처럼 일본과 한국이 동시에 공유하는 정신문화를 수출입하는 방법도 하나의 대안이 될 수 있다. 과연 우리에게 일본으로 내보내고 들여올 정신적 가치와 문화의 힘이 얼마나 있는지 고민하면 된다.

이처럼 여러 사람이 연구하고 고민하면, 의외로 많은 해결 방안을 찾을 수 있다. 우리 민족의 자랑스러움은 똑똑한 머리와 뜨거운 가슴이 아닌가? 중국, 러시아, 미국과도 마찬가지다. 그들에게 줄 수 있는 것을 주는 다양한 방법들을 현명하게 만들어 낼 때, 그 외교는 결과적으로 더 많이 받게 된다.

넷째, 머리 좋고 기술 좋은 우리 국민을 잘 활용해야 한다. 첨단 과학의 대표 용어인 생명(BT), 환경(ET), 정보통신(IT), 초정밀(NT), 우주항공(ST), 문화(CT) 등은 공통적으로 손기술과 지혜, 창의의 학문이다. 즉 정신을 팔아먹는 직업이다.

바로 여기에 과감하고 대폭적인 연구 투자가 필요하다. 이런 창의성 사업은 작은 규모의 중소기업으로도 충분하며, 일자리 창출도 이런 분야와 연계해야 한다.

IMF 사태나 현재의 금융위기도 사실은 우리나라의 좋은 머리들을 이런 위기에 대비시키지 못했기 때문에 발생한 일일 것이다. 좋은 머리는 바로 어려울 때 필요한 것인 만큼 다가올 미래를 위해 빠르고도 정밀하며, 느리고도 철저한 연구 결과를 많이 생산해야 하다. 세금이 이런 곳에 쓰이는 것은 국민 누구나 이해할 수 있는 부분이다.

다섯째, 생활로 가능한 전통문화의 연구와 보급도 필요하다. 지난 일을 기억하지 않으면 미래도 없다. 그동안 경제 개발에 밀려있던 우리 전통 문화를 복원해야 한다. 체계적 정리가 없는 이상 이대로는 쓸 데도 없고 쓸 사람도 없다. 미래를 대비해 전통 문화의 연구 분야를 한번 정리해보자.

1. 초가집 설계 : 구들과 마루가 있으면서도 생활이 편한 미래형 한국 초가집을 설계하자.

2. 지역 문화 강화 : 지역마다 먹거리, 볼거리 생각거리의 차별화를 유도하고 지역 특성, 문화 연구를 강화해 자유무역을 이겨내자.

3. 특화 상품 생산 : 소단위의 가공, 사후관리(봉사), 문화를 선보이는 마을을 설계하자. 동굴 냉장고 같은 것도 이런 역할을 수행할 수 있을 것이다.

4. 한국식 아파트 개발 : 한옥의 전반적인 특성을 아파트에 맞게 설계하여 수출하자.

5. 전통 먹거리 재창조 : 발효 음식과 약초와 신약 개발을 통하여 평야 지대를 활용하고 농어촌을 살리자.

6. 농촌 환경 보호 : 화학물이 없는 농어촌 경관을 조성해 농촌 문화를 관광의 대상으로 키우자.

7. 귀농 장려 : 이것들이 이루어진 후 국가적 차원의 귀농을 권장

하자.

8. 한복 보편화 : 한복의 특성을 살려 세계가 부러워하는 무대의상, 결혼예복, 생활한복, 정장을 만들자.

9. 인간성 회복 : 평가가 아닌 진정한 교육을 되살리자. 자연을 느끼고 우주를 공부하고, 생명으로서의 시골을 배우는 학교 교육을 만들어 보자. 창의와 지혜와 희망과 열정을 안내하는 사회를 조성하자.

10. 예술 양성 : 인간의 뜻을 외부로 표현하고 전달하는 예술을 키우자. 철학을 그리는 서중, 철학을 전하는 음악, 철학을 전하는 영화, 미술, 연극 등을 살려야 한다. 요즘의 예술은 공연이 주를 이룬다. 그러나 예술은 소리와 문자에서부터 탄생했다. 예술의 기초를 튼튼히 하는 것은 모든 변형된 예술의 기반을 닦는 일이다. 나아가 평소 꺼림칙하게 생각했던 무당, 기생, 도깨비, 고사, 죽음 등에서도 미처 깨닫지 못했던 긍정적인 측면을 찾아보자.

마지막은 우리의 다짐이다. 문화는 세계를 움직이는 모태이자, 마음을 비울 수 있는 최선의 방법임을 기억하자.

3

빈 마음이 보여주는 진리

우리는 한평생 망하고, 흥하고, 죽고 사는 것을 지켜보고 겪어간다. 그러다가 간혹 '내가 무엇을 하고 있지? 나는 지금 잘 살고 있나?' 하는 막막한 의문이 들 때가 있다.

그럴 때 우리는 자연을 돌아보기도 하고, 여행을 떠나기도 한다. 그것이 일종의 깨달음을 주기 때문이다. 가끔 깨달음은 특별한 사람들만이 얻을 수 있는 어려운 일 같기도 하다. 그러나 때로는 일상과 주변에서도 충분히 존재한다.

그간 자연과 함께 하면서, 자연 속의 철학적 가치를 얼마나 찾아내며 살고 있는지, 나의 인생관은 나와 내 가족에게 얼마나 합당하며 주변과 어우러질 수 있는지, 자녀들에게 올바른 인생관을 갖도록 경험, 체험, 지혜와 창의를 선물하고 있는지, 그 정도만 생각해도 많은 것을 깨닫게 된다.

사실 우리 욕심이란 채우자면 끝도 없다. 반대로 텅 비우려 들면 삶의 목적을 잃어 열정이 사라진다. 그렇다면 과연 비움과 채움은 어떻게 균형을 이루어야 하는 걸까? 돈을 벌면 얼마나 벌어야 하는 것인가? 늙어서 자식들에게 폐를 주지 않고 더불어 평안하게 살 수 있을 정도면 되는 걸까?

사실상 요즘 도시에서는 욕심을 비우기가 어렵다. 은퇴 후 생활비가 최소 200만 원은 들 텐데, 평균수명이 80세라 할 때 20년 동안 써야 할 돈만 5억 원이다. 누가 이걸 쉽게 감당하겠는가?

해답은 농산어촌에 있다. 우선은 생활비를 반 이상 줄일 수 있고, 돈 쓸 시간에 산으로 들로 다니며 수중 생활을 할 수 있고, 때때로 산불 감시 활동이나 약초 판매, 집필 활동 등으로 용돈 정도는 벌 수 있고, 지역을 위해 봉사할 수도 있으며, 어린 손자들에게 자연을 보여줄 수도 있다.

이처럼 잘 비운 마음이란 자연과 함께할 때의 마음이다. 우리의 정신적 자아가 '밝'에 있다고 한 김상일 교수는 이 세계를 무선법연이라고 했다. '무(巫), 선(仙), 법(法), 연(然)'이란 알, 감, 닥, 밝 다음에 나타나는 성장으로서, 우리 인생에 앞으로 남은 발전적 과제이며 과거로부터의 예언을 의미한다.

무(巫)가 "신이 내렸다"의 수동이라면 선(仙)은 "신이 난다"의 능동이다. 법(法)/연(然)은 근저의 한이 완전히 실현된 상태이며, 역사와 의식 전개의 목적이기도 하다. 알에서 '느낌', 감에서 '넋', 닥에서 '앎', 밝에서 '철(哲)', 무·선에서 '영(靈)', 법·연에서는 '혼

(魂)’이 각각 나타나는데, 이것은 일종의 ‘한’의 정신 현상이다.

‘한’은 알에서 얼로 깨어나는 과정이며 법·연에서 ‘한얼’로 완전히 이루어진다. ‘한얼’은 ‘조화의 복합체’, ‘궁극적 통일’과 같은, 막히거나 거침이 없는 무애의 교환이다. ‘한’은 하나이면서 여럿이기 때문에 근저이면서 목적이다. [6]

이처럼 영과 혼이 넘나드는 정신세계 구축을 위한 수증의 발견, 실천할 수 있는 한 철학의 정리, 전통 문화를 이은 발전 등이 중요하게 부각되는 것은 다름이 아니다. 우리가 뭘 하는가에 따라 우리뿐만 아닌 인류 전체가 누리는 행복과 평화가 달라지기 때문이다. 따라서 우리는 그 어느 곳에 살건, 도시이건 농촌이건 ‘나는 과연 이 문명을 위해 어떤 준비를 했는가?’를 고민하도 반성해야 한다.

영화『워낭소리』는 노인과 소의 삶을 엮어 기계노동과 생명노동의 반복적인 대조를 보이는 데에는 성공했지만, 노동의 가치나 죽음에 대한 철학적인 성찰이 부족하다는 이야기를 접한 적이 있다. [7] 수증이나, 기(氣), 굿, 고깔, 알, 곰, 닭, 밝, 선(仙) 등에서 나타나는 사실들도 마찬가지다. 그 안에 철학적 성찰이 없다면 그것의 가치도 없어진다.

다만 “진리는 무심 앞에서 그 모습을 드러낸다”[8]는 말처럼 철학적인 성찰이 무심히 나타날 때까지, 욕심의 나를 버려 참다운 나를 얻을 때까지, 나 자신이 가진 인간이라는 가치가 늘 새로워지기를

---

6) 김상일,『한밝문명론』, 앞의 책.
7) 한국일보,『워낭소리』의 다큐적 사실성(2009. 4. 2)
8) 송항룡,『無何有之鄕의 사람들』, (여강신서, 1987). “무하유지향“은 무심의 군상들이 사는 신선의 세계라 하였다.

기원하는 마음이다. 그래서 나는 소를 무심히 바라볼 수 있는 것만
으로도 행복할 수 있다.

거친 두들[9] 위에
초가삼간 마련하니
마루 끝에 앉은 눈길은
먼 산과 마주한다.

사립문 비스듬히 열고
저녁연기 피우는데
낮은 돌담사이로
찾아 온 달이
내 마음을 훔칠까 두렵다.

바람은 순하고
저녁은 고요한데
늙은 워낭소리 하늘을 울린다

---

9) 언덕.

MEMO